Le Livre de Poche Jeunesse

LA VENGEANCE DE MALTAZARD

Luc Besson

LA VENGEANCE DE MALTAZARD

ARTHUR

TOME 3

D'après une idée originale
de Céline Garcia

1

Ça y est. Un vent léger vient enfin de faire tourner l'éolienne. Elle n'en pouvait plus de cet immobilisme, de ce silence pesant. Alors elle prend plaisir à couiner, à grincer de partout, comme une vieille porte restée trop longtemps fermée. Les pales battent doucement l'air chaud. On dirait une cuiller dans une purée trop épaisse. Beaucoup d'oiseaux, trop paresseux pour se battre contre cet air trop lourd, avaient décidé de faire la sieste toute la journée, mais l'éolienne et son crissement mal accordé était le signal qu'ils attendaient. Les hirondelles, moins paresseuses que leurs congénères, et surtout plus joueuses, sont les premières à se jeter du fil électrique. Elles fondent vers le sol, histoire de prendre de la vitesse, puis redressent la trajectoire, à ras de terre, en s'appuyant sur l'air aussi épais qu'un marshmallow. Tout le monde attendait ce signal. « Si les hirondelles tiennent dans l'air, alors nous aussi ! » pensent les rouges-gorges, les coléoptères et autres insectes volants. Et tout ce petit monde commence à s'agiter et à sauter de branche en branche pour rejoindre le trafic.

Une magnifique abeille, dans sa belle robe à rayures, est repartie au travail et elle survole le jardin à la recherche d'une fleur qu'elle n'aurait pas déjà butinée. Mais la tâche est difficile car nous sommes à la fin de l'été. Le mois de septembre est déjà entamé et il ne reste presque aucune fleur qui ne se soit pas fait taxer. Mais l'abeille est travailleuse et elle arpente le jardin avec méthode, passant en revue les marguerites, les coquelicots et autres fleurs sauvages.

Comme la récolte est mauvaise et qu'il n'est pas question de rentrer à la ruche les mandibules vides, notre abeille décide de se rapprocher de la maison. On lui a dit cent fois que la zone était dangereuse et qu'il valait mieux l'éviter, mais une abeille prend toujours des risques quand son honneur est en jeu. La voilà donc qui s'approche timidement de cette maison, comme s'il s'agissait d'un temple maudit. Elle est bien loin de se douter que cette fermette est surtout le temple de l'amour et du bien-être, de la joie et de la bonne humeur, puisque c'est la maison d'Arthur.

Le grand balcon en bois a été repeint d'un bleu pâle, tellement doux qu'on ne serait pas étonné de voir un nuage venir s'y reposer. Le reste a subi une couche de blanc un peu plus brillant. Ça fait plus chic.

Notre abeille entre dans le patio couvert qui longe la façade. L'air y est plus agréable, et une vague odeur de peinture encore fraîche rend l'atmosphère plus agréable encore. La petite abeille en est toute grisée. Elle se laisse aller dans ce vent frais qui la balade doucement le long de la maison. Elle passe au-dessus d'un gros tas tout poilu, qui n'a ni queue ni tête. Mais au passage de l'abeille, l'animal dresse une oreille et bat de la queue pour dire bonjour, donnant par la même occasion un sens à cette chose. Le poilu ouvre un œil et regarde passer l'abeille. Un œil vitreux, paresseux, avec une pointe de malice enrobée d'une bonne couche de bêtise. Pas de doute, il s'agit bien d'Alfred, le chien d'Arthur. Il pousse un grand soupir et se rendort aussitôt. Même quand on parle de lui, ça le fatigue.

Notre abeille a tourné à l'angle de la maison, laissant Alfred à son destin, celui de devenir paillasson, plutôt que chien de chasse. L'insecte est de plus en plus grisé par cette odeur envoûtante de peinture fraîche. Les murs luisent comme des mirages et l'air glisse dessus comme sur un toboggan. Elle ne comprend pas bien pourquoi cet endroit a si mauvaise réputation alors que tout semble être fait pour vous y accueillir. Par contre, il n'y a aucune fleur à l'horizon. Mais l'abeille semble un peu avoir oublié sa mission.

Tout à coup, elle tombe sur un trésor. Là, sur la balustrade en bois qui longe la maison, il y a un petit tas gélatineux, brillant au soleil, appétissant à souhait. Elle s'approche et se pose à côté. Elle n'en croit pas ses yeux à facettes. Une montagne de pistils fermentés, sucrés à mort, prêts au transport. Chez elle, on appelle ça un miracle. Chez nous, on appelle ça plus modestement de la confiture.

La jeune abeille, comme hypnotisée par tant de richesses, écarte ses pattes pour s'installer confortablement et commence à pomper, mieux qu'un aspirateur. Ses joues se gonflent, son abdomen se contorsionne pour stocker au mieux cet incroyable trésor. Il lui faudrait butiner des centaines de fleurs pour rapporter à la ruche autant de liqueur. Elle était partie en simple travailleuse, elle allait revenir en héroïne nationale, évitant à tout un peuple des jours entiers de travail. On allait l'acclamer, la porter en triomphe. La reine elle-même allait devoir la féliciter, même si elle n'apprécie guère que l'on sorte ainsi des rangs.

« Les actes individuels sont contraires à l'équilibre du groupe », se plaît à dire cette grande reine obnubilée par l'esprit de famille dont elle a fait sa cause. Mais notre abeille, grisée par l'abondance et le sucre, n'en a que faire. Elle sera reine d'un jour et cette pensée l'encourage à pomper davantage. Comment peut-on qualifier cet endroit de temple maudit, quand tout n'y est que beauté et abondance ?

La petite abeille rêve toute seule, tellement fière de sa découverte. Un sentiment de bonheur absolu l'envahit, un sentiment qui l'empêche de voir cette ombre gigantesque qui la couvre peu à peu. Une ombre, en forme de cercle, trop parfaite pour être celle d'un nuage. Soudain l'ombre s'agrandit et, avant même que l'abeille n'ait pu s'en rendre compte, un verre s'abat sur elle dans un claquement sourd et diabolique. L'insecte décolle en catastrophe, mais se heurte aussitôt contre la paroi en verre. Impossible de sortir. L'air libre est pourtant là, elle peut le voir à travers cette matière qui la retient prisonnière. Elle cherche ailleurs, mais se cogne partout. Il n'y a pas de sortie dans ce piège qui lui permet à peine de décoller. Il faut dire que son abdomen rempli de confiture lui laisse peu de liberté de manœuvre. Bientôt, l'air commence à lui manquer et son paradis se transforme peu à peu en enfer.

On l'avait pourtant prévenue de ne pas venir dans cet endroit et elle comprend maintenant pourquoi on le dit maléfique. On aurait dû lui préciser que ce n'est pas l'endroit en lui-même qui est dangereux, mais ceux qui l'habitent et qu'on appelle communément les « hommes ». Et notre abeille n'a apparemment pas de chance aujourd'hui, elle est tombée sur le plus bête d'entre tous : Armand, le père d'Arthur.

L'homme regarde l'abeille prise au piège sous son verre et pousse un cri de joie, comme s'il avait pêché une carpe d'une tonne.

Le chien Alfred se réveille en sursaut. Un cri d'Armand, fût-ce de bonheur, n'est jamais une bonne nouvelle. Alfred se secoue un peu, histoire d'être plus présentable et trottine jusqu'à l'angle. Il découvre le père hurlant de joie au rythme d'une danse, vaguement indienne, signifiant probablement sa victoire. Mais les signaux ne sont pas très clairs et Alfred donne une autre explication aux contorsions de cet homme : selon lui, il a marché sur un clou. Il n'y a pas de doute à avoir. Quoiqu'il sourie beaucoup pour un homme qui est censé se tordre de douleur.

— Chérie ?! viens vite ! Je l'ai eue ! je l'ai eue ! hurle-t-il dans aucune direction précise.

Sa femme apparaît à l'angle opposé de la maison. Elle s'était cachée là et attendait patiemment que son mari l'autorise à sortir.

Alfred pousse un cri en la voyant arriver. Pas que la jeune femme soit vilaine, bien au contraire, mais il ne l'a tout simplement pas reconnue. Il n'y a d'ailleurs que son mari qui soit capable de la reconnaître dans cet accoutrement. On dirait un épouvantail habillé pour l'hiver, coiffé d'un casque en grillage qui lui gobe la tête et la protège des abeilles et de tout ce qui vole, par la même occasion. Même un filet d'air hésiterait à passer au travers de l'engin.

Elle ajuste son casque pour voir où elle marche, ce qui n'est jamais facile quand on porte des moufles de cuisine.

— Bravo, chéri ! Où ça ? Où ça ? scande-t-elle à travers l'épais grillage qui l'empêche de faire la différence entre un homme et un chien.

C'est donc sans hésiter qu'elle marche sur la queue de ce dernier. Alfred hurle à pleins poumons et fait un bond sur le côté.

— Oh ! pardon, chéri ! Je t'ai marché sur le pied ? s'enquiert la pauvre femme.

— Non, non, c'est rien ! C'était juste la queue du chien ! dit Armand négligemment, jamais dérangé par la douleur des autres. Regarde plutôt comme mon piège a marché à merveille !

Sa femme attrape son casque et approche son visage du grillage. À l'intérieur du verre, elle aperçoit la pauvre abeille qui se cogne encore et encore à la paroi. Ses forces commencent à l'abandonner. L'espoir aussi. La brave femme éprouve une certaine peine devant la détresse de ce petit animal piégé, humilié et à bout de forces.

— T'as vu ?! Je l'ai bien eue ! lance fièrement Armand, avec un sourire qui en dit long sur sa perception des choses.

— Oui, c'est... c'est bien, balbutie-t-elle, mais... elle doit souffrir, non ?

Son mari hausse les épaules.

— Ça n'a pas de centre nerveux, ces bêtes-là ! Elles ne sentent rien. Sûrement parce qu'elles n'ont pas de cerveau ! Donc elles peuvent pas faire la différence entre ce qui fait du bien et ce qui fait du mal !

« C'est à se demander s'il en a un, de cerveau », s'interroge Alfred, atterré par la bêtise de cet homme. « Comment fait-il alors pour tenir sur ses pattes arrière ?! » se demande le chien, qui ne déborde pas non plus d'intelligence.

— Tu es sûr qu'elle ne souffre pas ? demande quand même la femme en regardant l'abeille qui gît dans l'assiette, une patte prisonnière de la confiture.

— T'inquiète pas ! Si elle souffre, elle va pas souffrir longtemps ! Va me chercher la bombe !

Un petit frisson parcourt la femme. Même chose chez Alfred. C'est qu'il ne plaisante pas cet homme-là. Il est vraiment en route pour un génocide. Sa femme s'apprête à défendre la cause de la pauvre abeille, mais se ravise quand elle croise le regard haineux de son mari, rivé sur l'insecte. Résignée, elle se dirige vers la maison. Alfred ne peut pas rester là sans rien faire, sans rien tenter. Il en va de sa dignité. La solidarité animale est en jeu. Il part donc à toute allure et saute la balustrade avec une élégance insoupçonnée. C'est vrai qu'à force de le voir roupiller, on l'avait plutôt rangé dans la famille des marmottes que dans celle des kangourous. Quoi qu'il en soit, Alfred dévale le jardin et s'enfonce d'un seul coup dans l'épaisse forêt qui borde la propriété.

Il part chercher du secours auprès de la seule personne qui puisse résoudre un drame de cette importance. Un homme exceptionnel qui sait faire face à toutes les situations, un aventurier aux mille et un exploits, aimé de tous et craint par les autres.

En un mot : son maître, Arthur.

2

Il fait bien sombre à l'intérieur de la tente traditionnelle des Bogo-Matassalaïs. Seul un trait de lumière indique l'entrée, découpée à même le tissu. L'édifice est tout en hauteur. Cinq morceaux de bois, longs et fins, croisés au sommet et retenant une grande toile composée en réalité d'une multitude de peaux de bêtes, soigneusement cousues les unes aux autres. Ces peaux furent bien sûr récupérées sur des animaux morts de mort naturelle. Les peaux cousues au sommet proviennent des compagnons les plus fidèles, comme Zabo le zébu, qui protégea le clan pendant plus de trente ans. Mais le clan est loin aujourd'hui, et la toile n'abrite plus que cinq guerriers.

Ils sont tous réunis autour du feu. Toujours aussi grands (deux mètres trente-cinq de moyenne) et toujours aussi beaux. Leur coiffe magnifique semble avoir moins de coquillages et de plumes que d'habitude. C'est la tradition à l'approche de l'automne. Plus les feuilles tombent des arbres, plus les Matassalaïs enlèvent de plumes sur leurs coiffes. Perdre ses feuilles est toujours un traumatisme pour un arbre. Les guerriers montrent ainsi leur solidarité en perdant aussi quelques plumes. Les arbres se sentent ainsi moins honteux.

Les cinq Matassalaïs étendent leurs bras et attrapent les mains de leurs voisins.

— Hum ! un peu plus bas, s'il vous plaît, chuchote un petit bonhomme, assis en tailleur, un mètre cinquante plus bas que les autres.

Un petit bonhomme au visage bariolé de peintures de guerre et à l'étrange chapeau, composé d'un gros coquillage et de trois plumes. Cela pourrait être n'importe quel petit bonhomme, mais des petites taches de rousseur percent sous la peinture guerrière. Des petites taches de rousseur que l'on reconnaîtrait entre mille.

— Excuse-nous, Arthur, nous avions la tête ailleurs, avoue le chef de la tribu.

Les guerriers sourient au petit garçon et lui attrapent les mains afin d'agrandir le cercle. Tous prennent ensuite une longue et profonde inspiration, puis d'un même souffle vident leurs poumons sur le feu qui s'en réjouit. Rapidement, Arthur n'a plus rien à expirer, alors il inspire discrètement une autre goulée d'air et souffle à nouveau. Il sera obligé de s'y reprendre à trois fois pour finir en même temps que les grands guerriers. À croire qu'ils ont avalé des bonbonnes d'oxygène.

— Bien, très bien, lâche le chef, satisfait de cette introduction. Maintenant, le grand livre.

L'un des guerriers attrape l'ouvrage finement relié d'un cuir centenaire et le passe avec précaution à son chef qui l'ouvre en son milieu.

— Aujourd'hui, cent trente-septième jour du calendrier sélenniel, la fleur du jour est la marguerite, et nous allons l'honorer.

Sans attendre, chacun des guerriers, Arthur y compris, jette une marguerite dans le petit pot de terre qui chauffe sur le feu. L'eau frétille et les marguerites se ramollissent.

Arthur regarde la mixture se préparer, curieux et dégoûté à la fois. Même si cela sonne bien, la « soupe de marguerites » ne fait pas partie de ses plats préférés.

À l'aide d'une louche en bois, visiblement taillée à la main, le chef sert un plein bol de la soupe du jour à Arthur. L'enfant grimace un merci à peine audible.

— Le proverbe du jour ! annonce le chef en lisant la page de droite du grand livre. « La nature te nourrit tous les jours. Un jour tu nourriras la nature. Ainsi le veut le grand cercle de la vie. »

Arthur reste muet, autant préoccupé par le contenu de son bol que par celui de la phrase.

S'il n'a rien contre le principe de donner un jour son corps à la nature, il espère néanmoins que ce sera le plus tard possible et que cette charmante soupe à la marguerite n'est pas là pour avancer cette promesse. Et puis, elle sent bizarre, cette soupe. Il n'y a pas que de la marguerite là-dedans, Arthur en est persuadé.

— Vas-y, bois ! lui dit gentiment le chef.

« Pourquoi si gentiment ? Et pourquoi ne boivent-ils pas, eux ? » se demande Arthur, soudain méfiant. Mais les visages sont fermés et il n'obtient aucune réponse.

— C'est un peu chaud ! réplique le petit garçon, décidément toujours aussi malin.

Le chef a senti sa réticence. Il lui sourit avec affection. Il comprend évidemment que ces rites de grands guerriers puissent impressionner le petit bonhomme qu'il est. Alors, histoire de montrer l'exemple, le chef avale le contenu de son bol, en une seule longue et lente gorgée. Les quatre guerriers font de même. Sans sourciller, sans grimacer. Arthur grimace pour eux. Puis tous les regards se tournent vers lui.

Même si personne ne dit rien, il paraît clair que refuser de boire le breuvage serait pris comme un affront, pire encore, une insulte. Et insulter un grand guerrier matassalaï est sûrement la meilleure façon de finir dépecé, cousu à côté de Zabo le zébu qui trône au-dessus de la tête d'Arthur. Il n'a donc pas le choix. Plutôt mourir avec dignité que mourir de honte. Arthur bloque sa respiration et avale tout le liquide d'une seule traite, comme quand sa mère lui donne à boire cet infâme sirop spécialement conçu pour dégoûter les enfants et qui, éventuellement, soigne les bronchites.

Arthur relâche une goulée d'air tellement chaude qu'elle se transforme en un petit nuage. Si cette mixture était censée lui ôter la vie, elle est plutôt vicieuse car, pour l'instant, Arthur ne sent rien de spécial, à part la chaleur qui descend dans son corps.

— Alors ? à quoi ça ressemble ? lui demande le chef, toujours avec son petit sourire.

— À... on dirait du... un goût de... marguerite ?

Les guerriers éclatent de rire en entendant cette réponse aussi simple qu'honnête.

— Exactement ! voilà une très bonne analyse ! affirme le chef.

Arthur sourit à son tour, amusé par sa propre naïveté.

— La vérité sort de la bouche des enfants, lance le chef.

Mais Arthur sait très bien que ce dicton-là n'est pas un proverbe des Matassalaïs.

Les guerriers sont de bonne humeur aujourd'hui et pas loin du fou rire collectif.

— Quelles sont les propriétés de cette soupe ? demande Arthur, toujours aussi curieux.

— Il n'y en a absolument aucune ! lui répond le chef, déclenchant ce fou rire que tout le monde semblait attendre. C'est juste la tradition ! Nous, on suit ce qui est marqué dans le livre ! parvient à dire le chef entre deux rires saccadés.

— Le livre... de cuisine ! rajoute un guerrier en explosant d'un rire communicatif.

Arthur regarde les guerriers se tordre de rire, comme des enfants devant Guignol. La marguerite aurait-elle des vertus euphorisantes, inconnues jusqu'alors ? Dégagerait-elle, en fondant, un gaz hilarant, un souffle de jouvence capable de transformer de grands guerriers en poupons hilares ?

— C'est marrant parce que « Marguerite » c'est aussi le prénom de ma grand-mère ! précise Arthur, ce qui déclenche définitivement l'hilarité générale. Comment ne pas rire en imaginant la Mamie en train de bouillir au fond d'une casserole ?

C'est ce moment précis que choisit Alfred pour passer la tête dans l'ouverture et aboyer un grand coup.

— Toi aussi, tu veux un peu de soupe ?! hurle un guerrier, et voilà le groupe qui se tord à nouveau.

Ils se tiennent le ventre, tellement ça leur fait mal de rire autant. Même Arthur commence à succomber à ce fou rire ravageur. Mais Alfred n'est pas là pour rigoler. Maintenant que la vie d'Arthur n'est plus en danger, ce serait bien qu'il s'occupe de ceux qui risquent réellement de la perdre. Alfred aboie plusieurs fois et finit même par tirer Arthur par la manche.

— C'est bon, Alfred ! attends deux secondes, elle chauffe la soupe ! dit-il en ricanant.

Les guerriers sont pliés en deux, incapables de quoi que ce soit, sauf de rire aux éclats.

Alfred est dégoûté. Il sort de la tente et continue à aboyer de l'extérieur. Peut-être son maître comprendra-t-il mieux le message ainsi.

Ça y est, Arthur percute. Le chien tourne sur lui-même comme une toupie, fronce les sourcils, baisse les oreilles. Aucun doute à avoir, il s'est passé quelque chose à la maison. Arthur se lève d'un bond et file vers la sortie.

— Eh ? où vas-tu, Arthur ? lui demande le chef, toujours aussi hilare.

Mais Arthur est déjà trop loin pour répondre. Il est même déjà trop loin pour entendre la question.

— Il est parti cueillir des marguerites ! lâche un guerrier en pouffant, jetant ainsi le groupe dans une hystérie collective.

À croire qu'en effeuillant les marguerites jetées dans la marmite, on terminait toujours par « à la folie ».

3

Arthur attrape sa trottinette en bois qu'il avait laissée contre un arbre, à l'entrée de la forêt. Alfred aboie et tourne autour de lui comme une mouche.

— C'est bon ! j'ai compris ! j'arrive ! s'énerve Arthur en enfourchant son véhicule.

Il donne quelques violents coups de pied pour se donner de l'élan, et dévale la petite route qui serpente jusqu'à la propriété. Arthur connaît bien son engin et il prend toutes les courbes sans jamais freiner. Il s'agit aussi de prendre le maximum de vitesse pour ne pas avoir à marcher au bout de la ligne droite qui remonte jusqu'au portail de la maison.

Dernier virage. Arthur se baisse pour diminuer sa prise au vent. Alfred sort davantage sa langue, mais cela n'a aucun effet sur son aérodynamisme.

En bout de ligne droite, il a refait son retard et il passe le portail le premier, histoire de guider Arthur directement sur le lieu du drame.

L'abeille est toujours là, au fond du verre, agonisant sur le dos, ses petites pattes en l'air, grattant un sol invisible. Arthur n'en croit pas ses yeux. Qui donc pouvait être capable d'une telle cruauté ? L'enfant regarde autour de lui. Le coupable a évidemment disparu. Mais tout le monde sait qu'un assassin revient toujours sur les lieux de son crime. Arthur se promet de l'attendre, cent ans si nécessaire. En attendant, il s'agit de sauver cette abeille.

Arthur soulève délicatement le verre. L'air frais pénètre immédiatement, mais l'animal réagit à peine, déjà en route pour son paradis sucré. Le petit garçon connaît par cœur les gestes qui sauvent. Il les a appris l'été dernier, quand son père l'avait envoyé chez les scouts. Mais l'abeille est vraiment très petite et le bouche-à-bouche ne va pas être facile.

Arthur se contente donc de souffler délicatement sur l'animal. Ses petites ailes battent légèrement sous l'effet de cette gentille brise, mais rien ne semble la tirer de son sommeil. L'enfant est perplexe. Peut-être devrait-il commencer par lui libérer les pattes qui sont engluées dans la confiture et l'aider à se remettre sur le ventre ?

Son père, lui, est à quatre pattes, même si on n'en voit que deux puisqu'il est presque entièrement dans le placard situé sous l'évier. Après avoir renversé tout ce qu'il y avait de renversable, Armand ressort, brandissant victorieusement une bombe insecticide.

— Ah ! tu vois qu'il en restait une ! lance-t-il à sa femme, pas vraiment ravie de la nouvelle.

— Je ne l'avais pas vue, dit-elle avec une mauvaise foi qui dissimule à peine son embarras.

Son mari n'est pas fute-fute, mais il a quand même senti sa réticence. Il lui pose gentiment la main sur l'épaule.

— Chérie, faut-il te rappeler que je fais ça dans l'intérêt de tous et principalement celui d'Arthur ?

La femme acquiesce mollement. Le mari renchérit, pour mieux enfoncer le clou :

— Tu te souviens de ce qu'a dit le docteur ?

La femme acquiesce une nouvelle fois, mais Armand ira jusqu'au bout, jusqu'à ce que sa femme ait la chair de poule.

— Il a dit clairement que la moindre piqûre d'abeille pouvait lui être fatale. Et tu veux que je laisse ces bestioles tourner autour de la maison, au risque de voir notre petit Arthur se faire piquer, au beau milieu d'une partie de cache-cache ? Tu veux entendre un fou rire d'enfant se transformer en cri de douleur ?

Le père a gagné. Sa femme est en larmes.

— Mon petit Arthur, je l'aime tellement ! sanglote la mère.

Son mari passe une main qui se veut rassurante autour des épaules de son épouse.

— Alors nous n'avons pas d'autre solution. C'est elle… ou lui !

Arthur a trouvé le minuscule bout de bois qu'il cherchait. Il peut enfin décoller les pattes de l'abeille. Avec une concentration de chirurgien, une minutie de champion du monde de Mikado, il décolle, une à une, les pattes engluées.

L'abeille moitié inconsciente, moitié asphyxiée, a sorti son dard, comme elle le fait systématiquement quand elle est attaquée de la sorte. L'épine pleine de venin se balance lentement et cherche son ennemi. Si seulement elle savait que ce petit doigt qui passe si souvent à côté d'elle appartient à la main qui ne cherche qu'à la sauver. Et Arthur, sait-il qu'il joue avec sa vie à chaque fois qu'il dégage un peu plus l'animal ?

Bien sûr qu'il le sait. Le docteur l'avait sermonné pendant près d'une heure, lui interdisant même de sortir de la maison. Autant dire à une cigale de ne pas chanter de tout l'été. Arthur a la nature dans le sang et les animaux dans le cœur. Il n'est heureux que quand ses poumons sont gorgés d'air pur. D'ailleurs il ne comprend pas cette allergie et il est persuadé, au fond de lui, que ce vieux docteur à moitié aveugle s'était trompé dans son diagnostic. Ou qu'il avait tout simplement interverti deux dossiers. Le sien à la place de celui de Bobby Passepoil, par exemple, son copain de classe, gros comme un marshmallow, blanc comme un marshmallow et mou comme… un marshmallow. Comble de la description, il ne mange que ça, des marshmallows. Bobby ne sort jamais de chez lui, sauf pour aller à l'école. Il a peur de tout et de rien et surtout peur d'avoir peur. Il lui suffit de voir une abeille pour commencer à geindre comme si l'insecte l'avait déjà piqué. D'après lui, il est simplement ultrasensible. D'après les autres, il est simplement lâche comme un pou. Ce n'est pas le cas d'Arthur et il libère bientôt la dernière patte de l'abeille. Les animaux sont connus pour leur instinct et celui de ce petit insecte doit marcher à plein régime. Mille fois elle a eu l'occasion de le piquer, mille fois une force, une onde, l'a empêchée de le faire. Elle doit sentir que cet étrange bonhomme n'est pas capable de faire de mal à une mouche. Donc, par voie de conséquence, à une abeille non plus.

Un frisson parcourt le corps de l'insecte, comme pour réveiller tous ses petits muscles trop longtemps asphyxiés. L'abeille exécute quelques battements d'ailes et constate avec bonheur que le matériel n'est pas endommagé.

— Désolé pour cette histoire. Je vais faire en sorte que cela ne se reproduise plus ! se sent obligé de dire Arthur, comme pour excuser son père.

L'abeille le regarde un instant, puis met les gaz. Elle décolle péniblement, probablement à cause de la tonne de confiture qu'elle a encore en soute. Elle vire sur le côté, passe au ras du nez d'Arthur et prend rapidement de la vitesse. L'enfant la suit du regard, jusqu'à ce que la forêt l'avale.

— C'est pas possible ! répète le père pour la vingtième fois, en retournant le verre dans tous les sens. Pour lui, une abeille qui s'échappe d'un verre, c'est comme un lapin qui sort d'un chapeau : il y a forcément un truc.

— Tout est bien qui finit bien ! se réjouit sa femme, un sourire en travers du visage. Arthur n'a pas été piqué et la vilaine bête est rentrée chez elle ! ajoute-t-elle en essayant de remettre le capuchon sur la bombe insecticide.

Son mari n'est pas vraiment satisfait. Il n'aime pas les abeilles, il n'aime pas la magie et il n'aime surtout pas qu'on vienne perturber ses plans. Il regarde sa femme qui se débat toujours avec son capuchon.

— En tout cas, si elle a l'audace de revenir par ici, je la raterai pas ce coup-ci ! lance-t-il en fronçant les sourcils, dans un sursaut d'amour-propre typiquement masculin.

C'est à croire que l'abeille attendait qu'il prononce cette phrase pour revenir lui foncer dessus.

Pleine puissance, le dard en avant. On frise les cent kilomètres-heure. Objectif à atteindre : ce joli postérieur, bombé à souhait, comme un fruit bien mûr. Impossible de le rater, il est en pleine mire. Armement, largage. Dans le mille, en plein dans la belle pomme, comme Guillaume Tell. L'homme pousse un cri inhumain, un genre de tyrolienne, avec un clou dans le pied. Il en décoiffe sa femme qui se met à hurler à son tour, comme pour partager la douleur de son mari. Le problème de cette femme, c'est que, quand elle hurle, elle se crispe et s'accroche à n'importe quoi. Dans ce cas précis, c'est à la bombe insecticide. Un formidable jet envahit littéralement l'atmosphère. On dirait un éléphant qui éternue. Après un dard dans la pomme, Armand se prend un jet en pleine poire. La douleur est si forte qu'il n'arrive même plus à crier. Sa femme non plus. Elle est trop ébahie par la catastrophe qu'elle vient encore de provoquer. Le silence s'installe, comme celui qui se niche entre l'éclair et le tonnerre. On entend juste le bruit des poils de moustache qui crament à cause du produit surpuissant.

Le père émet alors un second cri, d'une nature inconnue, presque surnaturel, tellement strident qu'un violon ne pourrait pas suivre. La puissance est telle que sa femme, trop proche de l'onde de choc, en perd trois bigoudis. Le cri est bien évidemment chargé de particules d'insecticide et la femme en prend plein la figure. Ses deux faux cils en tombent. Aucune colle ne résiste à une telle chaleur.

Le hurlement s'éloigne peu à peu, rebondissant en écho d'une colline à l'autre, déclenchant, au passage, la plupart des alarmes.

— Combien de temps vais-je devoir garder cette ridicule compresse sur la tête ? s'exclame Armand, toujours aussi impatient.

C'est amusant de constater que cet homme de près de quarante ans n'a toujours pas compris que c'est son impatience qui le pousse toujours à faire des bêtises.

— Encore dix minutes. C'est marqué sur la notice, répond sa femme, qui pose l'emballage du médicament et saisit sa petite bouteille de vernis.

Allongé sur le canapé, une serviette humide sur les yeux, le père gesticule comme un enfant qui n'arrive pas à dormir.

— De toute façon, elle n'a pas pu sortir toute seule, cette abeille. Elle a forcément bénéficié de complicités extérieures, marmonne le blessé.

— C'est tellement intelligent, ces petites bêtes, tu sais ! Et parfois très fort ! assure la mère en étalant délicatement son vernis rose sur ses doigts en éventail.

— Ne dis pas n'importe quoi ! Tu vois une abeille retrousser ses manches et de ses petits bras musclés soulever le verre pour pouvoir s'échapper ?! rétorque le père, qui bout sous sa compresse.

La brave femme hausse un peu les épaules. Elle n'en sait rien. On voit tellement de choses incroyables de nos jours. Elle a bien vu l'autre fois à la télé un python engloutir une chèvre.

— Mais ça n'a rien à voir !! lance le père, tellement énervé qu'il en fait fumer sa compresse. Le python qui mange la chèvre, c'est normal ! Ce qui serait pas normal, c'est une chèvre qui mangerait un python !!

La femme marque un temps de réflexion. Elle a beau chercher dans sa mémoire, c'est vrai qu'elle n'a pas le souvenir d'avoir vu à la télé une pareille chose. Mais l'homme fait tous les jours des découvertes, et elle est persuadée qu'un cinéaste parviendra, un jour, à filmer l'événement.

Elle regarde ses ongles et fait briller le vernis dans la lumière. Satisfaite du résultat, elle attaque la main droite, quand elle constate avec stupeur qu'une fourmi attaque la face nord de sa jupe à fleurs. C'est vrai que l'imprimé du tissu est particulièrement bien fait, mais d'ici à ce qu'une fourmi prenne la dame pour un champ de coquelicots, il y a des limites que la mère entend bien faire respecter.

— Allez, ouste ! retourne dans le jardin ! chuchote-t-elle en la menaçant du bout de son pinceau à vernis.

Elle chuchote parce que si son mari apprend qu'il y a un animal dans la maison, si petit soit-il, il va encore nous vider une bombe. La fourmi n'entend rien, trop occupée à essayer de comprendre comment tous ces coquelicots se sont retrouvés aplatis sur le tissu.

— Attention, je vais être obligée de me défendre ! insiste la mère, toujours à voix basse.

Devant son refus d'obtempérer, la femme se sent obligée d'agir et elle chasse la fourmi d'un coup de pinceau. L'animal se prend une goutte de vernis rose qui, à son échelle, correspond à un seau entier de crème nauséabonde. L'insecte panique, totalement surpris par cette attaque. Il dévale la robe à toute allure, affublé de cette énorme tache rose qui lui colle à la peau.

La mère est satisfaite et suit du regard la fourmi, pour être bien sûre qu'elle regagne le jardin. Mais celle-ci bifurque et part dans la direction opposée. Intriguée, la femme se lève et la suit discrètement, aussi légère qu'un éléphant qui suivrait une souris. La fourmi arrive près de l'escalier et monte la paroi. Elle rejoint une petite corniche. C'est une baguette en bois qui sert d'ornement et qui fait le tour de l'appartement. Visiblement, ça sert aussi de route à pas mal de monde, car il y a des centaines de fourmis qui se croisent. Ça doit être l'heure de pointe. La jeune femme est sans voix. Elle remonte doucement la route du regard pour voir d'où vient tout ce petit monde.

— De toute façon, ça ne pense pas, les animaux ! On dit « bête », ça veut bien dire ce que ça veut dire, non ? marmonne le père, incapable de rester tranquille dans son canapé. Le téléphone, la télé ? Qui c'est qui les a inventés ? L'abeille ? Le moustique ? dit-il en gonflant la poitrine, comme pour bien montrer qu'il appartient à la race des inventeurs.

La femme remonte le périphérique qui longe le mur et observe ces fourmis qui courent, plus pressées que les humains d'aller au travail. Soudain, à sa grande stupéfaction, la voie s'arrête à l'angle et fait place à un pont suspendu qui s'étend jusqu'à l'autre mur. L'ouvrage est fait en minuscules morceaux de bois, nervurés de feuilles tressées, de fines lamelles de bambou soigneusement alignées et attachées les unes aux autres. La femme en reste bouche bée. L'ouvrage est magnifique. Jamais elle n'aurait soupçonné que des êtres aussi petits puissent avoir un talent aussi grand.

— Et la cathédrale de Chartres ? Et le pont de Tancarville ? Qui c'est qui l'a construit, le pont de Tancarville ? Les fourmis peut-être ?! poursuit le père, toujours aveuglé par sa compresse autant que par sa bêtise.

La femme regarde cet incroyable pont, à la fois gigantesque et miniature, qui n'a rien à envier à celui de Tancarville.

— C'est drôle que tu dises ça, parce que là, justement, il y a un pont que les fourmis ont construit, et je me demandais comment elles avaient pu faire ça sans même qu'on s'en aperçoive ! répond tranquillement la mère, nullement troublée par l'énormité de ses propos.

Le père soupire, sous son chiffon humide.

— Elles ont dû faire appel à un bureau d'études de fourmis, qui a contacté des fourmis architectes. Il y a beaucoup d'écoles d'architecture pour fourmis ! Après le parlement des fourmis a voté des crédits et la banque des fourmis a débloqué des fonds pour construire le pont ! rétorque le père, qui visiblement a décidé de répondre par l'humour à l'humour de sa femme.

Il a juste oublié que sa femme n'en a pas. Elle n'en a d'ailleurs jamais eu.

— Ah bon ?! C'est incroyable ! lâche-t-elle avec ingénuité. J'aurais jamais pensé que les fourmis avaient une organisation comme ça, aussi semblable à la nôtre !

Le père fume sous sa compresse, comme une côtelette jetée dans une poêle brûlante.

— Mais comment veux-tu que des fourmis fabriquent un pont ?! fulmine le père. Une fourmi ça fait deux grammes ! Il y a même pas de balance pour peser leur cerveau ! Réfléchis deux secondes avant de dire n'importe quoi !

Une femme croit toujours son mari, surtout quand il crie.

— Mais le pont est bien là, chéri. Devant mes yeux. Et vu le nombre de fourmis qui empruntent ce chemin, il n'a pas dû se construire dans la nuit !

Le père laisse échapper un long soupir qui en dit long sur son niveau d'exaspération.

— Très bien. Il y a un pont miniature qui pendouille dans la maison. Pourquoi pas ? Et les fourmis l'empruntent : à la bonne heure ! Tant mieux pour elles ! parvient-il à dire avec un calme relatif. Mais il est ri-gou-reu-se-ment-impossible-que-des-fourmis-aient-fabriqué-ce-satané-pont ! C'est clair ?! finit-il par hurler en s'étouffant à moitié sous son linge.

La femme acquiesce. Il est bien connu qu'un homme en colère n'a pas d'oreilles.

— D'accord, c'est pas les fourmis, finit-elle par lui concéder.

Son mari, pas mécontent de voir sa femme revenir à la raison, se décontracte un peu dans son canapé.

— Mais si c'est pas les fourmis… c'est qui alors ? demande-t-elle, contre toute attente.

Armand ne va pas tarder à péter les plombs.

4

Le coupable, c'est Arthur. Il est assis derrière le bureau de son grand-père, une loupe dans une main, une pince à épiler dans l'autre. Devant lui, une demi-paille soigneusement coupée. Arthur y a collé de part et d'autre une dizaine de roues. Il s'agit en fait de petites perles à dix sous, montées sur des épingles qui font office d'essieux. À l'avant de la paille, un minuscule système de traction qui permettra, à qui le veut, de tirer l'engin à plusieurs. En un mot comme en cent, Arthur est en train de construire un camion-citerne à échelle miniature. Les commanditaires sont là, face à l'ouvrage, fascinés par l'assemblage qui se fait devant leurs yeux. On devrait plutôt dire devant leurs antennes puisqu'il s'agit d'une délégation de fourmis, au nombre de cinq.

Arthur saisit la dernière petite perle à l'aide de

la pince, lui applique une mini-goutte de colle et, à l'aide de la loupe, fixe la dernière roue du carrosse. Il pose ensuite sa loupe et regarde son ouvrage avec satisfaction.

— Voilà, c'est fini, dit-il simplement.

Les fourmis sont ravies, et elles applaudissent à tout rompre de leurs quatre pattes avant. Malheureusement Arthur le devine plus qu'il ne l'entend.

— Merci, merci, c'est trois fois rien, se contente-t-il de répondre modestement. Allez ! montez à bord, je vais vous raccompagner.

Les fourmis ne se le font pas dire deux fois et se glissent dans la paille, tout excitées de découvrir leur nouveau camion.

Le grenier du grand-père n'a pas véritablement changé depuis la première fois où nous l'avions découvert. Tous les objets d'art qui avaient été vendus à l'affreux antiquaire (lire *Arthur et les Minimoys*) ont retrouvé leur place.

Le temps a passé depuis cette mauvaise aventure et il s'est chargé de remettre la poussière à son niveau habituel.

Le grand-père n'aimait pas qu'on dérange son joyeux fouillis organisé. Une poule n'y retrouverait pas son œuf, mais Archibald y retrouverait n'importe quoi, même une poule. Il savait exactement où il avait mal rangé chaque objet et le moindre dérangement dans sa désorganisation risquait de lui faire perdre le contrôle de son fourbi.

Pourtant, il avait accepté exceptionnellement, pour services rendus à la nation, qu'Arthur y installe un tronçon de son train électrique, cet honneur avait rendu l'enfant fou de bonheur. Arthur avait pris soin de ne rien déranger et il avait scrupuleusement suivi la topographie des lieux. Les rails glissaient ainsi entre deux grosses malles, avant de sillonner la vallée des livres, puis de se faufiler à travers la collection de statues africaines qui semblaient regarder passer les trains avec beaucoup de détachement. Mais cela ne faisait pas d'elles des vaches.

Arthur pose délicatement la paille sur le wagon de transport, dernier élément d'un train spécialement composé pour l'événement.

— Je vais vous raccompagner, cela vaut mieux. Les routes ne sont pas sûres en ce moment, dit Arthur au petit groupe de fourmis qui patiente devant la gare principale.

Les fourmis comprennent le signal et se ruent dans les wagons, afin de prendre les meilleures places. Il faut dire que le wagon de première est somptueux et les fourmis n'ont pas souvent l'occasion de voyager dans d'aussi bonnes conditions.

Le grand-père avait offert à Arthur le train et tous ses accessoires, au retour de leur précédente aventure. En recevant son cadeau, l'enfant avait hurlé de bonheur, pendant près d'une semaine. Il ne mangeait plus, ne dormait plus, trop occupé à la construction du réseau qui reliait sa chambre au bureau de son grand-père.

Ce dernier lui avait donné un petit coup de main, quand il fallut programmer les trains, les passages à niveau et les arrêts. L'idée était d'éviter les collisions entre les trains, et les parents. Inutile de préciser qu'Archibald avait dû négocier dur pour qu'Armand accepte un train dans la maison. En règle générale, tout ce qui le sortait de sa routine le dérangeait. C'était le roi de l'immobilisme. il considérait donc comme un mauvais coup du sort d'avoir eu un enfant incapable de tenir en place.

Arthur s'allonge par terre et jette un coup d'œil dans les wagons. Toutes les fourmis sont assises et trépignent comme des enfants qui attendent Guignol.

— Train spécial en direction du terminus. Attention au départ quai numéro un ! annonce Arthur, les mains en cornet autour de la bouche, afin d'imiter le son du haut-parleur.

Il s'approche du transformateur et tourne doucement la manette qui commande la puissance. Le train démarre lentement, sous les hurlements de bonheur des fourmis. Arthur augmente la puissance, le train prend de la vitesse et s'engouffre dans une sorte de canyon au milieu des valises. Les fourmis sont aux fenêtres, antennes au vent, et chantent des chansons inconnues à notre répertoire. Arthur lui aussi est tout excité. Pour une fois qu'il a des passagers !

Le train serpente dans la vallée des livres, et les fourmis sont tout ébahies de voir s'étaler devant elles ces montagnes de connaissance. L'enfant voit réapparaître le train qui avait disparu quelques instants au fond de la vallée. Il enclenche l'aiguillage et la locomotive change de voie. Elle se dirige maintenant droit vers la porte, tellement rabotée à sa base qu'elle autorise le passage d'un train. Arthur lève la main et salue la délégation qui passe devant lui.

— Au revoir et à bientôt ! lance-t-il, ravi, à toutes les fourmis qui s'agglutinent aux fenêtres pour le saluer. Certaines agitent même de petits bouts de papier qui font office de mouchoirs.

Le train s'éloigne vers la porte et s'apprête à passer dessous quand soudain une ombre apparaît. Une ombre sortie tout droit d'un cauchemar. Le sourire d'Arthur se fige. Il voit le drame arriver. La collision, le déraillement. La porte s'ouvre d'un seul coup, frôlant le train qu'Arthur a eu la présence d'esprit d'arrêter au bon moment. Le coup de frein a surpris les fourmis qui sont propulsées vers l'avant, dans un capharnaüm indescriptible, mais surtout bruyant. Tellement bruyant que la mère a tendu l'oreille.

— Arthur ! tu vas finir par provoquer un accident avec ce train ! se plaint la mère qui ne sait plus où mettre les pieds.

— C'est toi qui as failli tout faire dérailler ! se défend Arthur. Tu rentres d'un seul coup, comme ça, sans prévenir, sans frapper ! Quand il y a un passage à niveau, papa, il ralentit et il regarde s'il n'y a pas de train, non ?

— Euh… oui, balbutie la mère.

— Eh ben, ici, c'est pareil ! il faut faire attention et un train peut en cacher un autre ! ajoute Arthur.

La mère dévisage ce petit chef de gare, couvert de peintures de guerre africaines et se demande ce qu'elle a fait au bon Dieu pour mériter un fils pareil.

— Je pense que ton père a raison : ce train te fait tourner la tête ! Je te préviens, il est hors de question de le ramener à la maison ! précise la mère avec fermeté.

— J'avais pas l'intention de l'emmener. L'appartement est trop petit. En plus, il sera plus utile ici ! réplique Arthur.

Sa mère est un peu perplexe.

— Comment ça… plus utile ?

Arthur a parlé trop vite. Il faut rapidement qu'il dégage en touche s'il ne veut pas se faire plaquer.

— Plus utile parce que… Grand-père pourra jouer avec ! il adore les trains électriques, il n'en avait pas quand il était petit !

La mère ne paraît pas vraiment convaincue par les arguments de son fils. Elle regarde le train arrêté à ses pieds et aperçoit tout d'un coup trois fourmis affolées qui remontent dans le wagon de première. Elles ont probablement dû se faire éjecter lors du coup de frein brutal.

La mère fronce les sourcils. Des fourmis qui fabriquent des ponts, passe encore, mais des fourmis qui voyagent en première, il y a de quoi s'interroger. La femme réajuste ses lunettes et se penche vers le train. À l'intérieur du wagon, toutes les fourmis sont prises de panique. La plupart se cachent sous les bancs, les autres se plaquent contre les parois. Se faire repérer serait une catastrophe.

La paire de lunettes passe devant les fenêtres du wagon, comme un dinosaure qui regarderait par le trou d'une serrure. Les fourmis se figent et retiennent leur respiration. Les lunettes passent et disparaissent. Un grand soupir de soulagement traverse le wagon.

La femme prend un air sévère. Ça sent la bombe.

— Arthur, il y a des fourmis dans ce train ! lance-t-elle avec certitude.

— Il vaut mieux qu'elles soient dans le train plutôt qu'elles traînent partout, non ? lui rétorque son fils sans se démonter.

La femme reste sans voix. Cet enfant a toujours eu un sens de la logique assez déconcertant.

— Euh… oui, effectivement, se sent-elle obligée de dire.

— Alors attention à tes pieds, enchaîne Arthur, en tournant la manette d'un seul coup.

Le train démarre comme une balle. Mieux qu'un TGV. La femme sursaute, les fourmis sont bringuebalées une nouvelle fois et le train passe à fond sous la porte. La mère regarde le train qui a disparu et son fils qui lui sourit. Un sourire forcé qui ne peut que lui laisser penser qu'elle s'est fait avoir. Mais ne connaissant pas la nature de l'escroquerie, elle décide de changer de sujet.

— Allez ! c'est l'heure de prendre ta douche !

Le petit train longe la mezzanine, offrant une vue imprenable sur le salon. Toutes les fourmis sont du même côté, se pressant aux fenêtres pour admirer le panorama. Elles en siffleraient de plaisir si quelqu'un avait eu la gentillesse de le leur apprendre.

5

Le salon est paisible. Probablement parce que le père a disparu. Il n'y a plus que sa compresse qu'il a laissée traîner sur le canapé.

Il est dans le jardin, le père, le visage boursouflé par les brûlures. Il aurait mis la tête dans un essaim d'abeilles qu'il aurait pas meilleure mine. C'est d'ailleurs précisément ce qu'il cherche en arpentant de la sorte le jardin : un essaim. Fini le temps où il comptait simplement protéger sa maison en l'entourant de pièges à confiture. Il a décidé de passer à la vitesse supérieure, de remonter à la source. Il n'abattra plus les abeilles une par une – même si, grâce à Arthur, il n'en a toujours pas attrapé –, mais toutes d'un seul coup. Un génocide. Une bombe atomique au pays des abeilles. La rage l'a fait basculer du côté obscur de l'homme. Il ne rêve plus que d'une seule chose : trouver l'essaim et le détruire, si possible de la façon la plus atroce afin que la souffrance des abeilles soit proportionnelle à la sienne. L'humiliation a été trop forte pour qu'il puisse pardonner.

Le voilà donc qui remonte le jardin à grands pas, les yeux rivés sur une abeille. L'animal est bien plein et va donc forcément rejoindre sa ruche. Il n'y a plus qu'à le suivre.

Le père se courbe un peu, pour se faire plus discret. À vrai dire, cela ne change pas grand-chose car sa chemise jaune est tellement voyante que même les oiseaux plissent les yeux à son passage. C'est pas parce qu'un éléphant range un peu sa trompe que ça le rend invisible. Mais l'abeille est trop grisée par le sucre qu'elle a butiné pour se rendre compte qu'elle est suivie et elle s'enfonce dans la forêt, talonnée par ce chasseur aussi discret qu'un épouvantail en rase campagne.

Derrière une première rangée d'arbres se trouve une petite clairière au milieu de laquelle un chêne, deux fois centenaire, semble faire la loi. C'est là, sous l'une des premières branches, que la reine des abeilles a bâti son royaume. La ruche est belle et bien ronde et la grosse branche du chêne l'a probablement protégée plusieurs hivers de suite. Notre abeille prend un peu d'altitude et rejoint ses congénères qui bourdonnent à l'entrée de la ruche. Le mot « bourdonner » n'est sans doute pas le plus approprié pour parler des abeilles, surtout quand on sait à quel point leur relation est désastreuse avec les bourdons, et la dernière chose à faire quand on s'approche d'une ruche, c'est bien de vexer ses habitantes avec des mots qui fâchent. Employons donc le mot « papillonner » qui posera moins de problèmes et qui ne vexera personne, puisque, comme chacun sait, les abeilles sont fascinées par la beauté des papillons, qui sont eux-mêmes en admiration devant leur robe à rayures. Les abeilles papillonnent donc devant leur ruche, et saluent à peine leur copine qui revient avec son butin.

Quelques mètres plus loin, le père affiche un sourire machiavélique. C'est tout juste s'il ne bave pas, comme un renard qui aurait repéré un fromage. Il sourit mais, vu qu'il a le visage boursouflé, il ne lui manque plus qu'une pomme dans la bouche pour ressembler à un cochon qui sort du four. Cela fait des semaines qu'il rêve de ce moment. Il va enfin pouvoir se venger de tous les affronts, de ces tours de magie à répétition, de toutes ces situations à la limite du grotesque, dans lesquelles il s'est retrouvé à cause de ces satanées bestioles.

Mais avant la « grande » vengeance, celle qu'il allait préparer avec la minutie d'un général japonais, il allait d'abord assouvir la « petite vengeance ». Celle qui sort du cœur et exige une réponse immédiate.

Il scrute alors le sol de son regard un peu fou, à la recherche d'une bonne pierre qu'il pourrait leur balancer, histoire de leur donner un avant-goût de ce qui les attend. Pour les pierres, il a l'embarras du choix, mais il prend évidemment la plus grosse. Celle qui fera le plus mal. Un petit rire sarcastique lui échappe, qui va si bien avec ses boursouflures.

Il se retourne d'un seul coup, brandissant sa nouvelle arme, fier comme un singe qui sortirait du quaternaire. Mais il pousse un cri d'horreur quand il tombe nez à nez avec un Bogo-Matassalaï. C'est une façon de parler puisque le père lui arrive au nombril. Pas de risque que leurs nez se frottent !

Le guerrier (le vrai) se tient exactement entre le caillou et la ruche, ce qui ne peut pas être uniquement le fruit du hasard.

— Poussez-vous de là, je… j'ai un compte à régler ! balbutie le père, qui essaie de dissimuler sa peur sous une apparente assurance.

Le guerrier le regarde de ses grands yeux noirs, suffisamment longtemps pour le mettre mal à l'aise. Il faut dire qu'au fond de ses yeux, on voit les milliers de plaines qu'il a traversées sans jamais avoir peur. C'est donc pas un épouvantail à chemise jaune qui va l'émouvoir, même une pierre à la main.

— Allez ! ça fait des semaines qu'elles me narguent ! C'est aujourd'hui mon tour ! insiste le père, de moins en moins sûr de lui.

Le guerrier montre le gros chêne du bras et parle de sa voix calme et imposante :

— Cet arbre a plus de deux cents ans. Il a vu naître le père de ton père. Il est le doyen de cette forêt et, s'il a décidé d'abriter cette ruche, nous ne pouvons que nous plier à sa volonté et à sa connaissance.

Le père reste un peu perplexe. Il n'avait jamais imaginé pareille hiérarchie.

— C'est chez moi ici, et c'est quand même pas un arbre qui va faire la loi ! ? s'insurge le père en gonflant la poitrine.

— Si vous raisonnez ainsi, alors je dois vous rappeler que vous n'êtes pas ici chez vous, mais chez Archibald, et ce caillou que vous tenez à la main n'est pas le vôtre non plus puisque c'est le mien, lui répond calmement le guerrier.

Le père regarde le caillou, étonné qu'il puisse avoir un quelconque propriétaire. Il n'y a rien de plus stupide et anonyme qu'un caillou. Il le retourne, et constate que des personnages africains y sont sculptés.

Le guerrier tend la main pour récupérer son bien. Le père est un peu perdu. Difficile de contester l'origine de ce caillou avec de telles gravures. Il finit par déposer l'objet dans cette main géante, tendue vers lui.

— Elles ne perdent rien pour attendre ! grogne le père en montrant la ruche du doigt. Je reviendrai… et ma vengeance sera terrible ! se sent-il obligé d'ajouter.

Le guerrier le regarde du haut de ses deux mètres trente, comme un héron regarde passer un puceron. Armand fait demi-tour, gonfle les épaules et repart vers la maison qu'il n'aurait jamais dû quitter.

Le Matassalaï soupire, se demandant comment tant de bêtise arrive à tenir dans un si petit corps.

6

Le père saisit le téléphone du salon et compose un numéro. Ce qui lui prend peu de temps puisque le numéro n'a que deux chiffres. Le un et le huit.

— Allô ? les pompiers ? crie-t-il dans le combiné, visiblement peu habitué à l'utiliser. Je vous appelle de la maison d'Archibald, sur la route de l'abbaye... oui, oui, il va très bien, merci. C'est nous qui n'allons pas très bien. Surtout moi ! dit le père en s'emmêlant dans ses explications.

Au téléphone, le pompier essaie de le calmer un peu.

— Quel est votre problème ? lui demande-t-il gentiment.

Armand semble soulagé de trouver enfin un allié.

— Je me suis fait attaquer par un essaim d'abeilles et j'aimerais que vous veniez le détruire avant que ces sales bêtes ne fassent d'autres victimes.

— Vous êtes sûr ? À cette époque, les abeilles sont trop occupées à butiner pour s'en prendre à qui que ce soit ? répond le pompier, qui visiblement connaît son affaire.

— J'ai le visage tout boursouflé ! s'énerve le père.

— Mettez un peu de beurre ! Bien étalé, ça soulage, lui conseille le pompier.

Le père n'en croit pas ses oreilles. Lui qui pensait avoir un allié, il tombe sur un renégat.

— Écoutez, j'ai peur aussi pour mon fils. Il est très allergique et…

Le pompier le coupe d'un seul coup.

— Arthur ? Vous parlez d'Arthur ?

— Euh… oui, s'étonne le père.

— Il est allergique aux piqûres d'abeilles ? insiste le pompier.

— Oui, depuis qu'il est tout petit, confirme Armand.

— Nous serons là demain, à midi, dit le pompier, avant de raccrocher.

Armand reste comme un idiot, son combiné à la main. Le pompier n'avait que faire de son histoire, jusqu'à ce qu'il mentionne le nom d'Arthur. Comment un si petit bonhomme peut-il jouir d'une pareille notoriété ?

Il faut dire que, quand Arthur était occupé à

sauver des mondes, son père était occupé à creuser des trous (lire *Arthur et la cité interdite*).

Il repose doucement le téléphone et se retourne, probablement pour se diriger vers la cuisine, histoire de trouver un morceau de beurre. Mais il se retrouve face à Archibald. La surprise lui fait faire un bond en arrière.

— Excusez-moi, vous m'avez fait peur, confesse Armand, une main sur la poitrine.

— C'est plutôt moi qui aurais dû avoir peur ! dit Archibald en pointant son doigt vers le visage boursouflé de son gendre. Qu'est-ce qui vous est encore arrivé ?

— J'ai été piqué par une abeille ! avoue le père, pas vraiment à l'aise.

— Ça devait être une abeille avec un dard à répétition, alors ? parce qu'on a l'impression que vous vous êtes fait piquer cent fois !

— Non, non ! elle m'a piqué qu'une fois... dans la fesse, précise le père devant Archibald ébahi.

— Et le visage ? qu'est-ce qui vous est arrivé au visage ? s'inquiète le vieil homme qui découvre un à un tous les drames qui se sont produits pendant sa sieste.

— Ça, c'est votre fille ! dénonce le père avec aplomb. Elle tenait la bombe d'insecticide et le coup est parti !

— Mais que diable faisait-elle avec une bombe ? s'alarme le grand-père.

— On essayait de venir à bout d'une abeille récalcitrante qui nous a finalement échappé, mais c'est sans importance maintenant : j'ai repéré l'essaim et les pompiers vont venir demain pour nous en débarrasser ! explique le père d'une traite.

Archibald le regarde un instant. Un regard si froid que personne n'aimerait le voir se poser sur lui.

— Mon cher Armand, permettez-moi, sans mauvais esprit de ma part, de vous rappeler que vous êtes ici chez moi, et ce jusqu'à la barrière qui longe la route en contrebas. Et ce « chez moi » inclut évidemment les arbres et toutes les plantes qui ont la gentillesse d'y pousser, ainsi que tous les animaux, abeilles comprises, qui me font l'honneur d'y séjourner !

Le message a le mérite d'être clair et le père a beau chercher, il ne trouve rien à répondre.

La mère déplie la serviette qu'elle avait mise sur le radiateur plus par habitude qu'autre chose puisqu'il est fermé depuis fin avril et ne chauffe absolument rien ni personne. Mais il faut avouer que maman n'a pas toute sa tête. Tous ces petits tracas de la journée, ces ponts, ces trains, ces fourmis, ces abeilles l'ont perturbée. Arthur ferme le robinet de la douche et fonce dans la grande serviette que sa mère tient grande ouverte. Elle l'enrobe d'un geste généreux, comme seules les mamans savent le faire, et commence à le frictionner avec tendresse.

— Regarde-moi ça ! soupire la mère en regardant les peintures de guerre encore collées sur le visage de son fils.

— C'est pas des peintures de guerre. C'est les codes de la nature pour chasser les mauvais esprits, avant de rejoindre les Minimoys, explique Arthur avec enthousiasme.

La mère met un peu de crème sur un bout de coton et commence à le démaquiller.

— C'est quoi cette histoire de Minimoys ? C'est encore tes lutins, là ? demande la mère qui visiblement ne croit aucune de ces histoires à dormir debout.

— Ce soir, c'est la pleine lune. La dixième. Le rayon va alors s'ouvrir pendant une minute et je pourrai rejoindre Sélénia, chuchote-t-il à l'oreille de sa mère sur le ton de la confidence. Ne dis rien à papa, je t'en supplie… je sais qu'il voulait partir demain, mais ne t'inquiète pas je serai de retour pour le petit déjeuner, se sent-il obligé de préciser.

Sa mère le regarde comme s'il venait de lui parler tibétain.

— Où as-tu l'intention d'aller ? tient à se faire préciser la mère.

— Ben, chez les Minimoys, dans le jardin, répond Arthur avec une simplicité déconcertante.

— Aaah !!? lâche la mère, soulagée de comprendre qu'il ne s'agit que d'une histoire d'enfant, un jeu dans lequel il venait gentiment de l'inviter.

Il pouvait bien aller où il voulait du moment qu'il ne sortait pas du jardin.

— Promis, je ne dirai rien à ton père, lui répond-elle, complice.

— Oh ! merci, maman ! lâche-t-il avec candeur en jetant ses bras autour du cou de sa gentille maman.

Les parents sont toujours surpris par les élans de tendresse que seuls les enfants sont capables de donner. La mère serre doucement son fils contre elle et le berce comme quand il était petit.

— Ton père s'est fait piquer par une abeille aujourd'hui, raconte la mère pour continuer la conversation.

— Il a essayé de la tuer. Elle n'a fait que se défendre, rétorque Arthur sans éprouver aucune inquiétude pour son père.

Sa mère marque un temps de réflexion. Elle vient apparemment de comprendre le tour de magie, ou comment une abeille traverse un verre sans l'opération du Saint-Esprit.

— C'est toi qui as libéré l'abeille ? questionne la femme.

Arthur n'a pas le courage de mentir à sa mère, qui se montre si compréhensive depuis quelques minutes.

— Si quelqu'un t'agressait, je te défendrais de la même façon, répond intelligemment Arthur.

— C'est gentil, mon chéri, mais là, en l'occurrence, tu as libéré une bête féroce ! explique la mère, aussi convaincante qu'un arracheur de dents qui vous explique que cela ne fera pas mal.

— L'abeille ? Une bête féroce ?! Maman ! ? s'indigne Arthur, comme pour réclamer un peu de sérieux dans la conversation.

— Oui, féroce ! Car elle peut te faire aussi mal qu'un lion ou un rhinocéros ! Une simple petite piqûre et c'en est fini des aventures d'Arthur ! sermonne la mère, qui, pour une fois, n'est pas loin de la vérité.

Mais Arthur n'a pas peur. Malgré son jeune âge, il sait déjà que les êtres les plus dangereux sont les hommes. C'est un concours que cet affreux bipède gagne régulièrement depuis, justement, qu'il tient sur ses deux jambes. Jamais un animal, si féroce soit-il, ne lui arrive à la cheville en la matière. On n'a jamais vu, par exemple, un animal en dépecer un autre pour s'en faire un manteau. Quoi qu'il en soit, Arthur comprend l'inquiétude de sa mère, qui a peur pour son petit. C'est bon d'ailleurs de voir sa maman s'inquiéter. On se sent tellement plus fort.

— T'inquiète pas, maman, je ferai attention, lui dit Arthur en lui caressant le visage, comme si elle avait quatre ans. Tu sais, je suis très populaire là-bas, chez les Minimoys. Les gens m'accueillent à bras ouverts, ils pensent que je suis un futur roi.

Sa mère lui sourit en guise de réponse.

— Moi, je sais bien que je suis encore qu'un petit garçon, mais quand je suis là-bas, je me sens si fort, presque invincible ! confie-t-il à sa mère qui l'écoute, de l'amour plein les yeux. Je pense que c'est Sélénia qui me rend fort comme ça. Elle est tellement belle et intelligente. Elle ne renonce jamais et elle est tellement courageuse ! Le regard d'Arthur est un peu vague, son corps s'est ramolli. Voilà des signes qui ne trompent pas une mère.

— Tu ne serais pas un peu amoureux d'elle, par hasard ? lui demande-t-elle gentiment.

— Maman ! s'insurge Arthur, elle est beaucoup plus vieille que moi ! Elle a mille ans !

— Ah ?! répond la mère, un peu perdue dans le décompte.

Il lui faudrait une table de conversion.

— C'est drôle, quand je suis ici je mesure un mètre dix et je me sens petit, alors que quand je suis là-bas, je mesure deux millimètres et je me sens très grand ! explique Arthur avec honnêteté.

Sa mère a de plus en plus de mal à suivre, il lui manque trop de paramètres.

— Tellement grand que je ne crains rien ni personne, pas même Maltazard ! continue-t-il sur sa lancée, avant de réaliser qu'il vient de prononcer le mot interdit, le nom qui réveille la terreur, les trois syllabes bannies à jamais du grand livre des Minimoys. Neuf lettres qui, dès qu'on les prononce, provoquent le malheur.

— Oups ! laisse échapper Arthur, regrettant déjà son erreur.

Mais le malheur est déjà à la porte et l'ouvre sans frapper. Une silhouette étrange en contre-jour, un visage rongé par la souffrance. Cela aurait pu être Maltazard, mais ce n'est qu'Armand, un sac à dos sur les épaules, le visage toujours aussi boursouflé, comme une pomme qu'on aurait oubliée dans le four.

— Préparez vos affaires, on s'en va ce soir ! dit le père sans détour.

Arthur et sa mère sont aussi surpris l'un que l'autre.

— On devait partir demain ? dit Arthur, pris de panique.

— Oui, eh bien, il y a un changement de dernière minute et c'est comme ça ! De toute façon, il y aura moins de monde sur la route à cette heure-ci et nous serons moins incommodés par la chaleur.

— C'est pas possible, papa ! Pas ce soir ! supplie Arthur, au bord des larmes.

— Ça fait deux mois que tu es en vacances, Arthur ! Et toute bonne chose a une fin ! Je te rappelle que tu reprends l'école dans trois jours ! répond le père, aussi catégorique qu'une pendule.

— Pas ce soir, balbutie l'enfant, totalement désemparé.

La mère ressent sa détresse et, même si elle ne croit pas une seule seconde à toutes ces histoires de Minimoys, ni à cette princesse Sélénia de mille ans son aînée, elle décide de venir en aide à son fils.

— Chéri, c'est un peu précipité comme départ. On ne peut pas quitter mon père comme ça. Archibald est content d'avoir son petit-fils pour les vacances et…

Armand lui coupe la parole avec rage :

— Parlons-en d'Archibald ! il m'a à moitié viré de cette maison ! Je me fais piquer de partout, il s'en moque ! Je me fais agresser par ces indigènes qu'il héberge au fond du jardin, il s'en moque ! Et je suis sûr que si nous partons sur-le-champ, il s'en moquera tout autant !

La mère cherche les mots pour le calmer, mais il est des feux que rien n'éteint.

— Allez ! habille-toi et rejoins-nous à table ! ordonne le père à son fils, sur un ton si ferme qu'il découragerait même un curé. Puis il attrape sa femme par la manche et l'oblige à le suivre vers le couloir.

Arthur reste seul, anéanti. Deux larmes coulent sur ses joues, deux larmes si pleines qu'elles pourraient rouler jusqu'au sol. Il ne verra pas Sélénia. Son malheur se résume ainsi. Tout le reste n'a guère d'importance. Dix semaines de patience exemplaire. Dix semaines à attendre ces quelques heures où il pourrait à nouveau la serrer dans ses bras, s'enivrer de son parfum de fleur royale, boire son sourire jusqu'à l'infini et reprendre auprès d'elle toute la force dont il aura besoin pour attaquer cette nouvelle année scolaire. Rien de cela ne sera possible. Ni parfum, ni sourire, ni force. Le néant absolu.

Arthur se sent comme une fleur fanée, éparpillée autour d'un vase.

L'ambiance n'est pas au top autour de la table et les couverts ont la parole. Les fourchettes répondent aux couteaux et, de temps en temps, une cuillère se mêle à la conversation. Marguerite et Archibald ont le nez dans leur assiette et n'ont pas l'intention de montrer leur désarroi. Le père se bat avec les morceaux de pain qu'il jette sans cesse dans sa soupe. Beaucoup de gestes saccadés qui ont pour mission de cacher sa nervosité. La culpabilité le taraude.

Sa femme a mis sa serviette autour du cou, mais cela ne lui sert pas à grand-chose, vu qu'elle n'a toujours pas touché son assiette. Elle essaie désespérément de croiser un regard qui débloquerait cette situation ridicule. Mais personne ne lui vient en aide. Elle soupire, ce qui traduit assez bien sa détresse, et laisse traîner son regard dans la salle à manger.

La pièce est sobre. Quelques masques africains

accrochés aux murs et le tic-tac sonore de la pendule qui alourdit davantage encore l'atmosphère. Une cheminée éteinte, noire, morte. « Y a-t-il chose plus triste qu'une cheminée éteinte ? » se demande la mère en soupirant une nouvelle fois.

Mais, si aucune activité ne règne dans la cheminée, il n'en est pas de même sur la cheminée, où un joyeux cortège de fourmis est en train de traverser la pièce. Une vingtaine de fourmis très excitées tournent autour de leur camion-citerne flambant neuf, made in Arthur, tiré par un attelage de huit fourmis bénévoles. Il y a plus de vie et de bonheur autour de ce petit bout de paille que dans toute la salle à manger. Cette pensée fait sourire la mère qui ne semble pas vraiment surprise de voir des fourmis en camion. Si elles construisent des ponts, il paraît effectivement logique qu'elles construisent aussi les véhicules qui roulent dessus. Mais à bien y réfléchir, elle a déjà vu quelque part cette paille roulante. Ça lui revient. Le train d'Arthur. Son fils est donc complice et probablement responsable de ce réseau qu'elle découvre par petits morceaux. Elle s'apprête à en référer à son mari quand ce dernier prend la parole, histoire de rompre la glace :

— Vous qui connaissez si bien la nature, Archibald, est-ce que les fourmis sont assez intelligentes pour construire de petits édifices comme… un pont ?

Archibald réfléchit un instant. Il connaît évidemment la réponse et sait qu'en bien des points les fourmis sont plus intelligentes que l'auteur de la question. Il se souvient alors de cette phrase qu'il avait lue, il y a quelque temps, dans un livre fort intéressant et qui parlait justement du savoir : « Moins le Blanc est intelligent, plus le Noir lui paraît bête. » Comme les fourmis sont plus noires qu'un bout de charbon et le père plus blanc qu'un cochon rose, la phrase semble avoir été écrite pour l'occasion.

— Absolument impossible ! finit par répondre Archibald, aussi catégorique qu'un dictionnaire.

Il préfère mentir car il sait quel mauvais usage le père ferait d'une bonne réponse. Par contre, ça coupe la mère dans son élan. Elle s'apprêtait à parler des fourmis qui, après avoir sillonné le premier étage en train, traversent actuellement le salon en camion.

— Tu vois, c'est impossible ! commente le père en s'adressant à sa femme, comme s'il avait eu, pendant tout ce temps, un doute qui subsistait.

La femme hoche la tête, en regardant le camion et son attelage de fourmis s'engager sur la plinthe.

— Quand on mesure deux millimètres, on... on ne mesure que deux millimètres ! dit le père, persuadé d'avoir sorti la phrase du siècle, ce qui, en un sens est vrai, car La Palice, champion du monde dans cette catégorie, n'aurait pas fait mieux.

Arthur a ouvert le grand livre, celui de son grand-père. Il s'est évidemment arrêté sur le dessin qui représente Sélénia. Ce petit bout de femme ne mesure que quelques millimètres, mais elle a plus de cœur et d'esprit que beaucoup d'entre nous.

Arthur n'arrive pas à quitter le croquis de Sélénia des yeux. La princesse, figée pour l'éternité, semble regarder Arthur avec une douceur infinie. Il a rêvé pendant des lunes du moment où il pourrait enfin la serrer dans ses bras et maintenant il doit se contenter du seul regard que veut bien lui donner le dessin.

Un sentiment d'injustice absolue monte en lui. Il a arraché son grand-père des griffes de M, sauvé la maison des mains de Davido et voilà la récompense ? On le traite comme un enfant de dix ans, ce qui est la réalité, mais en la circonstance il préfère affirmer qu'il en a mille, comme Sélénia, et rien ni personne n'empêchera Arthur de rejoindre sa bien-aimée.

Arthur referme le livre et s'apprête à le glisser à sa place, entre deux gros livres sur l'Afrique, mais il aperçoit un petit objet qui brille au fond de la bibliothèque. Il tend la main et le saisit. C'est une petite bouteille en verre, comme une fiole, finement gravée à même le verre. Il y a une étiquette « petit-grand » écrite à la plume, juste au-dessous d'un dessin représentant un jeune homme qui marche et qui, en quatre croquis, devient très grand. C'est assez explicite… « Si au moins Sélénia pouvait boire ça et me rejoindre dans mon monde ! » pense Arthur, avant de replacer la fiole dans sa cachette derrière le grand livre, là où il l'avait trouvée.

Pas question de faire boire cette potion à Sélénia. S'il veut la voir, c'est à lui de tout mettre en œuvre pour braver les interdits. De toute façon, Arthur pourrait tourner et retourner les arguments dans sa tête, de mille et une façons, il arriverait toujours à la même conclusion : il fera tout et n'importe quoi pour revoir Sélénia.

Arthur est face à cette évidence incontournable. Il prend donc sa décision. Il gonfle ses petits poumons, se lève et attrape la grosse malle. Il en sort la longue-vue, objet indispensable pour rejoindre les Minimoys. Il ouvre toute grande la fenêtre et fabrique, en quelques secondes, une échelle de corde à l'aide des nombreux tissus d'Orient qui traînent sur le sol. Il jette sa corde à l'extérieur et monte sur le rebord de la fenêtre, mais la porte s'ouvre tout d'un coup. Archibald est dans l'ouverture, face à Arthur en train d'enjamber la fenêtre, son nœud de corde à la main. Le flagrant délit est si parfait qu'Arthur ne prend même pas la peine de se défendre.

— Pourrait-on bavarder quelques minutes, avant que tu t'enfuies dans la nuit ? demande le grand-père, calme et intelligent.

Arthur hésite un instant, puis repose sa jambe vers l'intérieur et s'assoit sur le rebord de la fenêtre.

Archibald regarde son petit-fils un instant. Il y a tellement d'amour dans ce regard-là. De l'amour et du respect. Arthur agit sur lui comme un miroir. Il se souvient du petit garçon qu'il était, toujours incompris, toujours en lutte contre les adultes qui ne voient que la vérité en face, sans jamais imaginer celle qu'il y a sur les côtés, au-dessus et même en dessous. Et ce soir, la vérité d'Arthur vaut largement celle de son père. Ce petit garçon est amoureux et il va traverser l'impossible pour rejoindre son aimée. Le monde appartient aux rêveurs et Arthur part à sa conquête.

Archibald fait quelques pas dans la pièce et s'assied dans son fauteuil.

— Je sais ce que tu ressens, Arthur. De l'injustice. De l'incompréhension. Mais tu es grand maintenant et tu dois comprendre qu'on ne peut pas toujours faire ce qu'on veut, explique calmement le grand-père.

— Si c'est ça être grand, alors je veux toute ma vie rester petit ! réplique Arthur avec conviction.

Archibald sourit, touché par la vivacité de son petit-fils et son sens du raccourci.

— Ce sont des épreuves comme celle-ci qui

te feront grandir, Arthur. Remercie le ciel de t'envoyer ces messages.

— Mais quels messages ? Je ne comprends rien, Archibald ! Je comprends juste que mon père ne comprend rien ! réplique Arthur qui commence à s'impatienter.

— Ton père est dans sa logique et tu es dans la tienne. Tu dois apprendre à vivre avec cette différence. Si tu veux qu'il respecte et comprenne ta différence, il faut que tu comprennes et respectes la sienne, explique Archibald avec beaucoup de sagesse.

Mais Arthur a les larmes qui lui montent aux yeux.

— Grand-père, elle me manque tellement, Sélénia ! J'ai l'impression que je vais mourir si je ne la vois pas ! sanglote Arthur, incapable de cacher davantage ses sentiments.

Archibald se lève et vient s'asseoir à son tour sur le bord de la fenêtre. Il passe un bras autour des épaules de son petit-fils.

— Le temps n'a pas d'effet sur l'amour, Arthur. J'ai passé trois ans dans la prison de M le maudit et la seule chose qui me faisait tenir c'est ta grand-mère. Son beau sourire que personne ne pouvait m'empêcher d'imaginer et tout cet amour qu'elle m'envoyait et qu'aucun barreau n'était en mesure d'arrêter. Sélénia est en toi, pour toujours, et personne ne pourra te l'enlever. Pas même le temps.

Arthur ne peut retenir ses larmes plus longtemps, et les voilà qui roulent sur ses petites joues. De belles larmes, tellement grosses qu'elles font comme des loupes, agrandissant au passage toutes les taches de rousseur qu'Arthur a sur le visage. Un mouchoir serait le bienvenu.

7

Le père sort un mouchoir de sa poche, mais ce n'est pas pour le donner à son fils. C'est pour astiquer la magnifique tête de bélier qui trône à l'avant de sa voiture. Une belle statue argentée, emblème de la marque et fierté du père.

« Un bélier à l'avant et quatre-vingts chevaux juste derrière ! » plaisantait souvent le père qui, dès qu'il approchait de sa voiture, se sentait invincible. Le véhicule avait probablement toute la force et la puissance qui lui manquaient. C'est pour ça qu'il le bichonnait en permanence, à tel point que sa femme en était parfois jalouse.

— Essuie tes pieds avant de monter ! lance-t-il à son épouse, qui sort à peine de la maison.

Elle pose les bagages sur le perron, hausse les épaules et repart chercher le reste. Le père se sent un peu ridicule et, comme toujours dans ces cas-là, il astique un peu plus son bélier.

Alfred est assis dans l'ouverture de la porte et admire son maître, aussi triste qu'une grenouille de bénitier. Il le regarde défaire les nœuds de son échelle, comme s'il essayait de comprendre les règles d'un nouveau jeu. Mais Arthur ne joue pas. Bien au contraire. Il n'a probablement jamais été aussi grave de sa courte vie. Comme s'il venait de vieillir d'un seul coup. Archibald l'encourage du regard, car aucun mot ne pourrait soulager sa peine.

Alfred lève la tête et se demande si l'araignée qui traverse la porte a un rapport quelconque avec le jeu. *A priori* non, mais pourquoi se déplace-t-elle alors toujours dans la même direction qu'Arthur, comme si elle le suivait ? Alfred bat un peu de la queue. On ne sait jamais. S'il y a un jeu, même incompréhensible, il s'agit d'en faire partie.

— Je t'attends en bas, dit Archibald, sachant d'expérience que la solitude rend parfois les choses moins pénibles à supporter.

Archibald passe devant Alfred qui ne quitte pas l'araignée des yeux. Arthur finit de préparer son petit sac tandis que l'animal vient se mettre au-dessus de lui, à la verticale. L'araignée glisse le long du fil qu'elle tisse rapidement, plus silencieuse qu'un courant d'air. Si le jeu est juste une sorte de « chat perché », elle ne va pas tarder à gagner. Alfred se met donc à aboyer pour prévenir son partenaire.

Arthur vient vers son chien, échappant ainsi au baiser de l'araignée.

— Je vais revenir bientôt, Alfred. Ne t'inquiète pas ! c'est une épreuve pour toi aussi, tu verras. Cela va te faire grandir ! lui dit gentiment Arthur en lui caressant la tête.

Alfred ne comprend pas bien le message. La seule chose qui l'ait jamais fait grandir, c'est les os à moelle, et il ne voit pas quel genre d'épreuve il pourrait se mettre sous la dent.

Et voilà l'araignée qui redescend au-dessus de la tête d'Arthur. Elle a décidément de la suite dans les idées, et décidément pas de chance puisqu'Arthur se lève à nouveau et retourne vers son sac encore ouvert. L'araignée marque une pause, visiblement fatiguée par tous ces va-et-vient.

Alfred regarde la petite bête poilue qui reprend son souffle. Il faut dire que ça doit être lourd, ce qu'elle tient entre ses pattes avant, et qui fait au moins un quart de sa taille.

« D'ailleurs, c'est quoi qu'elle transporte ainsi ? » se demande Alfred. Le chien plisse les yeux et reconnaît un grain de riz. Alfred est plutôt surpris. Il ne connaît pas tout des araignées, mais c'est la première fois qu'il en croise une végétarienne. Cette particularité l'intrigue et il plisse les yeux davantage. Sur le grain de riz, il y a des inscriptions. Cette fois ça y est, Alfred a compris. Il ne s'agit nullement d'un « chat perché », mais du jeu de la charade. Combien de fois s'était-il endormi en regardant Arthur et son grand-père jouer à ce jeu soporifique ? Alfred se met à aboyer, autant pour prévenir Arthur qu'il a un nouveau partenaire de charade que pour signifier à l'araignée qu'il n'a absolument pas envie de jouer.

— Oui, j'arrive ! répond Arthur qui n'a pas compris le message.

L'araignée remonte le long de son fil et repart vers Arthur. Jamais elle n'aurait accepté cette mission si elle avait su qu'elle était si fatigante.

Arthur ferme son sac et le jette sur son épaule. L'araignée retisse son fil et se laisse glisser, entraînée par le poids et la fatigue. Mais elle rate à nouveau son coup, car Arthur se dirige maintenant vers la porte.

Elle pousse alors un cri énorme. Un cri de désespoir. Comme si sa vie dépendait du fait d'être entendue. Évidemment, pour Arthur, ce cri du cœur est minuscule et son oreille n'est pas assez fine pour pouvoir l'entendre. À peine, peut-être un léger grincement qui ne pouvait venir que du vieux parquet bien fatigué. Heureusement pour l'araignée, Alfred l'a entendu. Il ne parle pas son langage, mais la détresse est universelle et il y en avait beaucoup dans ce cri-là. Le chien bloque alors le passage à son maître. Les pattes écartées, les oreilles rabaissées. On dirait un vrai gardien de but.

— Qu'est-ce qu'il y a, Alfred ? tu ne veux pas que je parte, c'est ça ? lui demande Arthur en souriant. Je ne crois pas que j'aie le choix, tu sais. Allez, pousse-toi.

Arthur force un peu le passage, mais Alfred le bloque plus encore, avec un aboiement rauque qui ne laisse aucun doute sur la nature du message. Arthur a compris. Il pose doucement son sac et dévisage son chien pour essayer de déchiffrer l'indéchiffrable. Alfred a beau aboyer encore et encore, Arthur comprend de moins en moins. La seule chose qu'il comprend, c'est que la nouvelle doit être d'importance pour qu'Alfred insiste de la sorte.

Arthur est un peu perdu. Il souffle un grand coup et se retourne, comme pour chercher ailleurs quelques indices. Mais d'un seul coup, il se retrouve nez à nez avec une araignée épuisée, un grain de riz entre les pattes. Arthur la regarde avec étonnement, puis, comme par réflexe, met sa main sous l'animal. Il est vrai qu'elle a l'air tellement faible qu'elle pourrait tomber à tout moment. L'araignée ne demandait pas mieux et lâche son grain de riz dans la main d'Arthur, délivrant ainsi le message qu'on lui avait confié.

Le garçon, perplexe, regarde ce petit grain tout blanc et s'apprête à interroger l'araignée, mais cette dernière a déjà disparu, rendant la situation encore plus mystérieuse. Alfred remue la queue, content d'avoir participé à l'opération.

« Mais que diable dois-je faire de ce grain de riz ? » se demande l'enfant, avant d'apercevoir les petits signes gravés sur l'aliment.

Arthur fonce alors vers le bureau du grand-père et attrape la loupe qui lui a servi à construire le camion des fourmis. Le grain de riz apparaît alors d'un seul coup, énorme comme une pierre blanche sur laquelle ne sont gravés que deux mots : « Au secours ! »

Arthur est tétanisé, la bouche ouverte. L'araignée est venue jusqu'ici pour lui délivrer ce message en personne. Qui donc peut avoir une telle confiance en lui, petit bonhomme d'à peine dix ans, si ce n'est les Minimoys ? Et s'ils sont désespérés au point de n'avoir plus qu'Arthur comme seul recours, c'est que leur situation doit être des plus préoccupantes.

— Il n'y a pas une seconde à perdre ! dit Arthur à son chien en commençant par faire trois tours sur lui-même, en cherchant la sortie.

Arthur descend à pas feutrés, comme s'il s'apprêtait à faire le casse du siècle, plus souple qu'une panthère rose. Le salon est vide. Pas de père à l'horizon, ce qui est une bonne nouvelle. Arthur accélère le pas et fonce vers la cuisine où il a aperçu l'épaule de son grand-père. En franchissant la porte, il bouscule sa mère et tous deux se mettent à hurler.

— Tu m'as fait peur, Arthur ! lui reproche sa mère, une main sur le cœur comme s'il allait lâcher pour si peu. Dépêche-toi d'amener ton sac à la voiture, ton père t'attend pour fermer le coffre !

— Tout de suite ! Je dis juste au revoir à papi et mamie ! réplique Arthur qui essaie de se débarrasser de sa mère.

— Bon ! je t'attends ! lui répond-elle, plus collante qu'un papier tue-mouches.

Arthur n'a pas le temps de faire dans la finesse. Il lui met les deux mains sur les fesses et la pousse littéralement dehors.

— J'ai un secret à dire à Grand-père avant de partir, un secret d'hommes ! dit Arthur en claquant la porte au nez de sa mère.

— Arthur, tu exagères ! s'indigne Archibald devant l'attitude de son petit-fils, mais très vite il lit sur son visage la terreur qui l'anime. Que se passe-t-il, Arthur ? demande le vieil homme, inquiet.

— C'est terrible ! bafouille Arthur, pris de panique. Les Minimoys ! Ils sont en danger ! Ils m'ont appelé au secours ! Il faut absolument faire quelque chose !

— Calme-toi, Arthur, calme-toi ! dit Archibald en lui tenant les épaules. Quel message ?

— Là ! le grain de riz ! insiste Arthur. C'est une araignée qui m'a apporté ce message ! Il faut faire vite avant qu'il ne soit trop tard ! Je ne veux pas perdre Sélénia, Grand-père ! tu comprends ?! dit-il, déjà au bord des larmes.

— Calme-toi, Arthur, s'il te plaît ! tu ne vas rien perdre, ni personne ! affirme Archibald qui essaye de calmer le gamin du mieux qu'il peut. D'abord quelle araignée ? Quel message ?

Arthur lui attrape la main et colle le grain de riz dans sa paume. Il sort ensuite la loupe de sa poche arrière et la tend à son grand-père.

— Là, sur le grain de riz ! c'est écrit ! regarde par toi-même ! dit Arthur.

— Un message ? Sur un grain de riz ? Les Minimoys écrivent plutôt leurs messages sur des feuilles qu'ils laissent tomber des arbres, commente Archibald en mettant ses lunettes.

— Une feuille ne serait jamais arrivée jusqu'à moi. C'est pour ça que le message était sur un grain de riz, pour que l'araignée puisse me l'amener, explique Arthur avec une logique implacable. Vas-y, lis !

Alors que le grand-père ajuste ses lunettes et place la loupe au-dessus du grain, le père ouvre la porte et heurte son épaule. Le grain de riz vole dans les airs.

— Oh ! pardon ! s'excuse le père, qui n'est qu'à moitié gêné d'avoir bousculé quelqu'un.

Arthur n'en croit pas ses yeux. Il n'y a pas une seule catastrophe à laquelle son père ne soit pas mêlé. Au club des calamités, il serait membre fondateur.

Arthur se jette à terre et cherche, à quatre pattes, l'important message.

— Arthur, qu'est-ce que tu fais là ? demande son père, déjà excédé.

— Je... je cherche un cadeau que j'ai fait à Grand-père et que tu as envoyé balader en ouvrant la porte ! s'énerve Arthur.

Le père hausse mollement les épaules.

— Je ne pouvais pas savoir que vous étiez derrière ! ?

Arthur examine toutes les rainures du parquet, mais ne trouve rien.

— Bon ! Arthur, ça suffit ! On a de la route à faire ! s'énerve le père en attrapant son fils par le bras. Archibald a une belle loupe dans les mains, je suis sûr qu'il le trouvera.

Arthur se débat comme il peut, mais la force de son père est inversement proportionnelle à son intelligence.

— Laisse-moi au moins embrasser Grand-père ! insiste Arthur.

Le père a du mal à ne pas accepter une telle demande et lâche son fils, quelques secondes, en le gardant tout de même à portée de main.

Arthur se penche vers son grand-père et, sous prétexte de l'embrasser, lui donne le message oralement.

— Le grain de riz disait « Au secours », chuchote Arthur.

Le grand-père, étonné, l'embrasse sur l'autre joue.

— Tu es sûr ? chuchote à son tour le vieil homme.

Arthur lui fait à nouveau la bise.

— J'en suis sûr ! Il faut faire quelque chose !

Archibald change de côté et l'embrasse sur l'autre joue.

— Je vais voir ce que je peux faire.

Arthur change à nouveau de joue.

— Ne les laisse pas tomber, Grand-père, je t'en supplie ! demande Arthur, la voix altérée par l'émotion.

À la septième bise, Armand commence à se demander si on ne se fout pas un peu de lui.

— Bon ! il faut qu'on y aille, là ! j'ai de la route à faire et une moyenne à tenir ! dit le père, aussi élégant qu'un chauffeur de poids lourd.

Archibald et Arthur se séparent à contrecœur.

Armand jette le sac de son fils dans le coffre, tandis qu'Arthur croise à nouveau le regard de son grand-père sur le pas de la porte.

— Ne t'inquiète pas ! articule Archibald, sans émettre un seul son.

Arthur lui renvoie un sourire, même si le cœur n'y est pas.

— Allez ! en voiture, Arthur ! dit le père, essayant d'y mettre une pointe d'humour qui tombe à plat. Pire qu'un Belge qui raconterait une histoire belge.

Arthur monte à bord, à contrecœur. Le père fait le tour de la voiture, astiquant au passage, pour la dernière fois, la tête de bélier qui trône à l'avant de la voiture. Comme si c'était l'animal qui allait conduire.

La mère est déjà à bord, bien calée dans le siège passager. Elle s'installe toujours la première car il lui faut bien un quart d'heure pour mettre sa ceinture. Comme ça rend son mari furieux, elle a pris, au fil du temps, l'habitude d'embarquer la première.

— Je t'ai pris des sacs, si jamais tu as envie de vomir ! dit-elle gentiment à son fils, comme si elle lui avait acheté des bonbons.

Vu la vitesse à laquelle son père roule, il risque pas d'avoir la nausée, est tenté de lui répondre Arthur. Mais il préfère se retourner vers la lunette arrière afin de regarder son grand-père resté sur le perron.

Armand monte à bord et se frotte les mains avant de tourner la clé de contact. Les quatre-vingts chevaux de la voiture se mettent à rugir, même si les deux tiers ne lui serviront jamais à rien. Et même si les chevaux n'ont jamais vraiment su rugir. Le père affiche un sourire béat, comme un curé au son des cloches de Pâques.

— C'est parti, mon kiki ! dit-il avec délice, en desserrant le frein à main.

La voiture prend peu à peu de la vitesse. Arthur voit s'éloigner son grand-père, qui lui fait de grands signes d'adieu. Il voit aussi s'éloigner cette si jolie maison dans laquelle il venait de passer les plus belles semaines de sa vie.

Soudain, Alfred, qui avait passé son temps à suivre l'araignée sur le chemin du retour, réalise qu'un bruit de moteur est souvent synonyme de départ. Il dévale alors les escaliers et se rue vers l'extérieur en passant entre les jambes d'Archibald qui vacille à moitié.

La voiture quitte maintenant la propriété, mais de mystérieux flambeaux sont disposés le long de la route. Le père fronce les sourcils et ralentit légèrement. Il n'a pas souvenir d'avoir vu des réverbères à cet endroit. Ce sont en fait les Bogo-Matassalaïs qui font une haie d'honneur, torches à la main, éclairant, un court instant, le chemin.

Arthur les regarde, impressionné de voir leurs beaux visages de guerriers se détacher dans le noir, à la lueur des boules de feu.

— Qu'est-ce qu'ils font, à éclairer la route comme ça ?! C'est un coup à avoir un accident ! râle le père, qui ne rate jamais une occasion.

La voiture passe cette magnifique haie lumineuse et s'enfonce maintenant dans la nuit. Seuls les deux petits yeux jaunes de la voiture découpent provisoirement l'horizon.

Alors que les guerriers s'apprêtent à rentrer dans leur tente, Alfred le chien déboule sur la route, à la poursuite de la voiture. Les Bogo-Matassalaïs n'ont pas eu le temps de réagir. Ils ne peuvent que le regarder disparaître à son tour dans la nuit, à la poursuite de son maître.

8

Archibald et Marguerite sont sur le perron, un peu abattus.

— Ne t'inquiète pas pour Alfred, il va courir cinq minutes, puis il reviendra. Il a peur du noir, dit la grand-mère en prenant son mari par le bras et en l'entraînant vers la maison.

— Ce n'est pas Alfred qui m'inquiète, c'est Arthur, répond Archibald.

Le vieil homme referme la porte et met machinalement le verrou.

— Il prend cette histoire tellement à cœur et je ne veux pas qu'il soit malheureux !

La grand-mère sourit.

— Arthur est jeune et c'est son premier chagrin d'amour mais ce ne sera sûrement pas le dernier. Il en aura malheureusement d'autres !

Archibald soupire. Tout ceci ne lui plaît pas.

— Et si jamais il disait vrai ? Que les Minimoys sont en danger ! ? N'est-ce pas de mon devoir d'aller leur porter secours ? insiste Archibald.

Sa femme s'approche de lui et lui prend les mains.

— Archi ! ton petit-fils a une imagination débordante et il a tellement envie de revoir sa princesse qu'il pourrait inventer n'importe quoi ! Comme cette histoire de message gravé sur un grain de riz ! c'est toi-même qui m'as dit que les Minimoys écrivaient uniquement sur des feuilles, non ?

— Oui, bien sûr, acquiesce mollement Archibald, mais une araignée n'aurait pas pu amener une feuille jusqu'à Arthur. Le grain de riz était plus facile à transporter.

Marguerite sourit à son mari. Il a l'air d'avoir lui aussi dix ans quand il parle des Minimoys.

— Archi, le peuple minimoy a plus de mille ans et ils ont survécu à toutes les catastrophes. C'est pour cela qu'ils sont forts aujourd'hui.

— Oui… c'est un peu vrai, concède Archibald.

— Ils ont grandi à travers les épreuves, tout comme le fera Arthur, ajoute Marguerite.

— Oui mais… ils sont tous si petits ! conclut le grand-père, d'une voix à vous fendre le cœur.

Marguerite l'embrasse sur le front.

— Et toi, tu es bien le plus petit d'entre tous ! Allez, viens te coucher. La nuit porte conseil, lui dit sa femme en s'éloignant vers l'escalier.

— Je... je vérifie que tout est bien fermé et je te rejoins, lui lance Archibald.

Marguerite ne répond pas et finit par disparaître en haut de l'escalier.

Archibald semble apprécier ces quelques secondes de silence. Il soupire un grand coup, comme pour s'aider à reprendre ses esprits. Marguerite a sûrement raison. Marguerite a souvent raison. Peut-être s'inquiète-t-il pour rien et ce message gravé n'était-il qu'un jeu d'enfant. Un enfant adorable, débordant d'imagination.

Archibald, résigné, se dirige à son tour vers l'escalier quand un petit craquement sous son pied l'intrigue. Il regarde par terre et aperçoit une minuscule tache blanche, comme un grain de riz. Archibald s'agenouille et récupère le grain à l'aide de sa loupe. Il fait tourner l'aliment dans le creux de sa paume jusqu'à pouvoir lire clairement l'inscription qu'il y a dessus.

— « Au secours ! » chuchote Archibald, terrorisé par ce qu'il vient de lire. Jamais Arthur n'aurait été capable d'écrire aussi petit, même à l'aide de sa loupe. Il n'y a donc plus de doute à avoir : les Minimoys sont bel et bien en danger.

La mère d'Arthur vomit une fois encore au fond du sac déjà bien rempli. Le père bougonne.

L'idée qu'elle puisse en mettre sur le siège l'empêche de se concentrer sur sa conduite. C'est pour ça qu'il zigzague de la sorte et que ça rend sa femme malade.

Arthur est, lui, toujours dans la même position, à genoux sur sa banquette, le regard rivé vers l'arrière. Mais il n'y a pas grand-chose à voir, sauf les volutes de poussière que soulève la voiture, légèrement teintées de rouge par les feux arrière.

La mère sent que ça monte encore au niveau de sa gorge. Vu qu'elle n'a plus de sac, elle déclenche le plan d'alerte rouge.

— Je pense qu'on devrait s'arrêter à la pompe à essence, là ! lâche-t-elle, d'une voix bizarrement rauque.

— Mais j'ai encore plein d'essence ! répond le père. Et en plus, ces stations en rase campagne sont toujours plus chères que les autres !

— Ce n'est pas pour faire le plein mais plutôt pour me vider !! s'énerve la mère dont le visage blême est à lui seul un message assez clair.

Plus inquiet pour ses sièges que pour sa femme, Armand prend la décision de se ranger sur l'esplanade, face à la station-service. Sa femme n'attend même pas que la voiture soit arrêtée pour descendre. Elle traverse le parking en courant, les deux mains sur la bouche, en direction des toilettes. Le père regarde avec dégoût les deux sacs pleins de vomi, posés par terre devant le siège avant. Il grimace, attrape les deux sacs du bout des doigts et quitte la voiture à la recherche d'une poubelle qui accepterait ce genre de déchets, proches du nucléaire.

Arthur n'a que faire de ces va-et-vient et il soupire en regardant la poussière qui doucement retombe sur la route. C'est joli d'ailleurs, toutes ces petites particules qui, éclairées par les néons de la station, font des volutes dans l'air, comme des flocons de neige prisonniers d'un vent léger.

Soudain, comme un yéti sortant d'une tempête de neige, Alfred apparaît, fumant de partout. Le visage d'Arthur s'illumine. Son seul ami, le plus beau des chiens du monde, l'a suivi jusqu'ici. Arthur n'en revient pas, et en même temps comment aurait-il pu douter une seconde de son plus fidèle compagnon. Sans le savoir, Alfred vient de lui sauver la vie et probablement celle des Minimoys.

Arthur bondit à l'extérieur de la voiture et le chien lui saute dans les bras.

— Mon Alfred ! dit Arthur, en le serrant très fort.

Le chien a la langue qui pend et tient à peine sur ses pattes, tellement il est fatigué.

— C'est la providence qui t'envoie ! Tu vas me rendre un fier service ! s'exclame le garçon en lui tenant la tête à deux mains.

Le chien dresse un peu les oreilles, comme s'il regrettait déjà d'être venu.

La mère finit de se nettoyer le visage et vérifie qu'elle n'a fait aucune tache sur sa belle robe à fleurs. Son mari apparaît dans l'encadrement de la porte des toilettes et lui lance une grimace qu'il est facile de traduire par : « Dépêche-toi, on a déjà perdu assez de temps comme ça avec tes bêtises. » La pauvre femme arrange vite fait sa robe, jette un regard dans la glace et démissionne. Tant pis, elle aura l'air d'un chiffon jusqu'à l'arrivée.

Le couple rejoint la voiture et la mère jette un coup d'œil maternel sur sa progéniture. Arthur est en boule, emmitouflé dans la couverture à carreaux.

— Il dort déjà ! chuchote la mère, afin d'obliger le père à en faire autant.

— Très bien. Comme ça, il râlera moins pendant le voyage, réplique le père à voix basse.

— Ce n'est pas gentil de dire ça, il n'a pas ouvert la bouche depuis le départ ! précise la mère sur un ton de reproche.

Le père bafouille une réponse qui ne veut rien dire, on dirait de l'anglais.

Arthur est sous sa couverture et commence à ronfler. La mère dresse l'oreille. Un ronflement bien étrange pour un petit garçon de dix ans.

— Il doit avoir un problème de végétations pour ronfler comme ça ! ? On devrait peut-être le faire ausculter par un médecin ? demande la mère, un peu inquiète.

— Écoute-moi ce ronflement-là ! répond le père en mettant le moteur en route. Quatre-vingts chevaux, avec de gros problèmes de végétations. Ça c'est du ronflement ! lâche le père, aussi fier qu'un buveur de bière après un rot.

9

À la maison, c'est Marguerite qui ronfle. Non seulement Archibald était inquiet et n'arrivait pas à trouver le sommeil, mais avec en plus ce sifflement nasal qui fait trembler les tables de chevet, cela paraît encore plus compromis. Comment une petite grand-mère d'apparence aussi fragile peut-elle rivaliser ainsi avec un marteau-piqueur dernier modèle ? Il n'y a guère qu'une cocotte-minute à plein gaz pour lui tenir tête. Archibald se retourne dans le lit en accentuant les bonds qu'il fait. Mais cela n'a aucun effet sur la grand-mère, à part de modifier la modulation du ronflement. C'est moins monotone, c'est déjà ça.

Archibald regarde la pendule. Même la grande aiguille vibre au rythme des ronflements de Marguerite. Elle indique tout de même l'heure et, à une minute près, il est déjà minuit moins le quart. Quinze minutes avant l'heure fatidique, l'heure où le rayon de lune illuminera la longue-vue, ouvrant ainsi le passage pour le monde des Minimoys.

Archibald rumine. Bien sûr, Marguerite lui a sorti tous les bons arguments et il est vrai qu'il faut avoir la santé pour ce genre d'aventure, et il n'est plus tout jeune. D'un autre côté, passer pour un lâche auprès des Minimoys serait terrible. Mais passer pour un traître aux yeux de son petit-fils serait pire encore. Et même sans parler de confiance et de trahison, si tout simplement les Minimoys étaient réellement en danger ? Va-t-il rester là, dans son lit, à supporter jusqu'au matin les vibrations saccadées de sa femme ?

Archibald retient un instant sa respiration et soupire un grand coup. Oui. Il va les supporter. Cela fait déjà vingt ans qu'il les supporte toutes les nuits, et même si cette nuit est particulière, elle se finira quand même.

« Demain, il fera jour », conclut Archibald en se calant au fond de son lit. Quitte à pas dormir, autant être confortable.

C'est souvent quand on prend une décision que le sort aime à vous embêter en envoyant un élément perturbateur, une donnée qui change tout. C'est quand on se décide à prendre sa douche qu'on réalise qu'il n'y a plus d'eau chaude. C'est donc au moment où Archibald est bien calé au fond de son lit que l'on cogne à la porte d'entrée. Pas un petit cognement qui réveille en douceur, mais un vrai roulement de tambour, comme si un troupeau de buffles faisait un numéro de claquettes. Archibald sursaute et Marguerite sourit. Les boules Quiès bien enfoncées au fond des oreilles, la vieille femme n'entend qu'une douce et agréable complainte.

Cela fait quinze jours qu'elle met, la nuit, des petites boules dans ses oreilles, prétextant que les ronflements d'Archibald la réveillent. Son mari, courtois en toutes circonstances, ne lui a toujours pas avoué que c'est en réalité ses propres ronflements qui la réveillent toutes les nuits. La courtoisie paye toujours, et, ce soir, Archibald bénit ces formidables petites boules de cire.

Il se lève d'un bond, enfile rapidement ses chaussons et se précipite dans le couloir. Les coups à la porte sont toujours aussi bruyants, mais un peu plus espacés, probablement à cause de la fatigue de celui qui les donne.

Archibald noue sa robe de chambre et se tient à la rampe, histoire de ne pas se vautrer dans les escaliers. C'est souvent ce qui arrive quand on se précipite de la sorte.

Le grand-père tire le verrou et ouvre toute grande la porte, sans même prendre le temps de vérifier à travers le judas qui vient le déranger en pleine nuit. Sa surprise en est donc plus grande.

— Arthur ?!! s'exclame Archibald en dévisageant de ses yeux ronds le petit bonhomme, cassé en deux de fatigue et qui depuis longtemps a perdu haleine.

— Mais que fais-tu là ?! Et tes parents ?! Mais où est donc la voiture ?! s'inquiète aussitôt le vieil homme.

Arthur n'arrive même pas à répondre, trop occupé à pomper tout l'air frais qu'il peut trouver autour de lui. Le grand-père attrape son petit-fils par les épaules et le soutient pour qu'il reprenne rapidement ses esprits.

— Vous avez eu un accident, c'est ça ? s'inquiète Archibald.

— Non ! je me suis enfui ! arrive à articuler l'enfant.

Le vieil homme se fige, déjà affolé par les conséquences d'un tel acte.

— Grand-père, il nous reste très peu de temps ! Le rayon va bientôt se former ! dit Arthur qui, s'il manque de souffle, ne manque pas de suite dans les idées.

Archibald est subjugué par la ténacité de ce petit bonhomme. C'était tout lui. La même petite tête blonde, tout aussi dure, tout aussi pleine. Archibald a toujours en mémoire le périple qu'il avait effectué lui aussi à dix ans. Son père lui avait offert un poisson rouge, gagné à une fête foraine. Rien ne rendait plus malheureux le jeune Archibald que de voir ce pauvre poisson rouge devenir vert à force de tourner en rond dans son minuscule bocal. C'est donc tout naturellement qu'il avait pris la route pour remettre l'animal à la mer. C'est la gendarmerie de Trouville qui avait récupéré le petit Archibald et prévenu ses parents. Ni les parents ni les gendarmes n'avaient jamais voulu croire que l'enfant avait parcouru à pied les cent trente kilomètres qui séparaient sa maison de la mer. On avait pensé évidemment à une complicité externe, mais Archibald n'avait alors que dix ans et aucun de ses amis n'était susceptible d'avoir le permis et encore moins une voiture. Le père d'Archibald lui avait évidemment passé un savon, mais l'enfant s'en moquait. Ce qui le préoccupait, c'était de savoir si son poisson, que le forain affirmait venir de Chine, avait pu retrouver le chemin de chez lui. Rien d'étonnant donc qu'il y ait un peu d'Archibald dans ce petit Arthur.

— Grand-père ! tu rêveras plus tard ! lui balance l'enfant qui a retrouvé son souffle. Fonce chercher la longue-vue, je vais prévenir les Matassalaïs ! ajoute Arthur avant de disparaître en direction de la forêt.

Archibald, affolé par ce rythme trépidant imposé en pleine nuit, tourne un peu sur lui-même comme une toupie avant de se diriger au pas de course vers le grenier.

Arthur n'aura pas couru longtemps. À peine arrivé en lisière de forêt, il tombe sur les cinq guerriers en tenues de parade qui viennent à sa rencontre.

— Comment saviez-vous que je reviendrais ?! s'étonne Arthur.

— La nuit est calme et quand tu cours, tu souffles plus fort qu'une biche aux abois. On t'a entendu venir à dix kilomètres ! précise le chef en se dirigeant vers le pied du grand chêne.

Archibald déboule dans son grenier, évite de justesse de marcher sur le train, se retient à une pile de livres qui l'envoie rebondir sur son bureau. Le vieil homme se met à quatre pattes, tire la lourde malle dissimulée sous le radiateur et récupère l'indispensable lunette.

Les Bogo-Matassalaïs ont déplié leur fameux tapis à cinq branches. Chacun des guerriers se place à l'une des extrémités. Archibald, essoufflé également, arrive à l'endroit du rituel. Arthur soulève le nain de jardin qui trône, comme à son habitude, au pied du grand chêne. Archibald déplie le trépied et, rapidement, enfonce la longue-vue dans le trou que le nain dissimulait habilement. Il vérifie ses réglages et regarde sa montre.

— Minuit pile ! lance le grand-père, assez fier d'avoir rempli sa mission en temps et en heure.

Tous les visages se tournent maintenant vers le ciel. Le rayon de lune doit à présent frapper la lunette et ouvrir le passage. Mais un fâcheux nuage s'étire dans le ciel, tel un gros chat paresseux ignorant les aboiements des chiens derrière les carreaux.

Arthur a le visage tendu vers la nuit. Il sait que si ce satané nuage n'a pas disparu dans la minute, ce sera une catastrophe. Le sort d'un peuple se joue peut-être là, au pied de ce foutu cirrus, qui s'en moque comme de son premier grumeau. Arthur regarde en coin le chef des guerriers, mais son visage est fermé comme une huître après vingt-deux heures. Impossible d'en savoir plus. L'enfant doit donc supporter l'insupportable, une minute entière de silence, soixante secondes tellement longues qu'il pourrait raconter sa vie, en soixante chapitres.

Le ciel ne peut l'abandonner maintenant. Pas après avoir fugué, avoir parcouru plus de vingt kilomètres en pleine nuit, avoir abandonné son chien, sans parler de sa mère. Combien de fois lui a-t-on expliqué que l'effort est toujours récompensé et que la ténacité est une des meilleures qualités ? Arthur décide donc d'être confiant. Mais l'une des caractéristiques du sort, c'est qu'il est parfaitement imprévisible.

Le nuage s'allonge donc un peu plus et la lune n'a jamais l'occasion de montrer sa belle tête ronde. Pas de lune. Pas de rayon. Pas de passage. Pas de Minimoy. Pas de Sélénia. Voilà comment on peut résumer la situation.

Arthur, le nez en l'air, n'en croit pas ses yeux. Lui qui aime tant la nature se trouve ainsi trahi par elle. Il en a les jambes coupées. Archibald tapote nerveusement sa montre pour s'assurer que cette dernière n'est pas en train de lui faire une sale blague. Mais il n'en est rien et sa fidèle tocante lui indique bien minuit et une minute. L'aventure s'arrête donc ici, avant même d'avoir commencé. Arthur est hébété, anéanti. Il n'a même pas le courage de battre des bras, geste que l'on fait habituellement pour exprimer son désarroi.

Le chef des guerriers est bien embêté par cette situation. Laisser tomber ses frères minimoys n'est pas une idée qui l'enchante. Il sait à quel point il faut respecter les mouvements de la nature, et que donc ce nuage avait une bonne raison d'être là, mais cela ne l'empêche pas de maudire quelques instants ce stupide cumulus, qu'il n'hésite pas à traiter de nimbus.

Les jambes d'Arthur commencent à flageoler. La fatigue et la déception sont trop fortes pour soutenir davantage son petit corps. Le grand guerrier prononce alors quelques paroles dans sa langue natale, et il n'y a guère qu'Archibald pour comprendre ce qu'il dit.

— Qu'est-ce qu'il se passe ? Pourquoi s'agitent-ils tous comme ça ? demande Arthur.

Archibald se racle la gorge, comme on le fait

souvent pour annoncer une nouvelle, sans véritablement savoir si elle est bonne.

— Ils vont te faire passer par les racines, dit le grand-père.

Arthur, intrigué, regarde les guerriers : chacun défait la liane qu'il a autour de la taille. Le chef récupère les cinq racines allongées et les regroupe, on dirait maintenant une longue tresse. Il s'approche d'Arthur et, du haut de ses deux mètres trente-neuf, plante son regard dans celui de l'enfant.

— Nous n'utilisons presque jamais ce procédé pour passer dans le monde des Minimoys, seulement en cas d'urgence. Mais là, en l'occurrence, il nous semble qu'il y a urgence, lui dit simplement le chef, avant de commencer à l'enrouler de lianes, des pieds à la tête.

— Ce n'est pas trop dangereux, tout de même ? s'inquiète Archibald tout en sachant qu'il n'arrêtera pas le cours des choses.

— Chaque aventure a sa part de danger, Archibald. Chaque expérience sa part d'inconnu, lui répond le chef avec sérénité.

— Oui, bien sûr ! lâche le grand-père, comme pour se rassurer, alors que ses dents claquent déjà, de peur de voir son petit-fils disparaître à tout jamais.

Une fois les lianes bien serrées autour d'Arthur, le chef matassalaï sort une petite fiole qu'il porte à la ceinture. Rien qu'à voir les précautions qu'il prend pour ouvrir le récipient, on en déduit qu'il ne doit pas l'utiliser souvent.

— Tu vas rejoindre le monde des Minimoys, mais souviens-toi : il te faudra sortir par la lunette et il te faudra absolument sortir avant midi, sinon tu seras prisonnier de ton corps pour toujours, lui explique le chef.

L'idée de passer sa vie aux côtés de Sélénia est un sentiment qui enchante évidemment Arthur. Par contre, imaginer qu'il ne pourra plus jamais voir Archibald, Marguerite, Alfred le chien, sa mère et même son père, si rabougri soit-il, imaginer tout cela le fait paniquer. Mais à la vitesse à laquelle le guerrier l'a saucissonné, il n'a, de toute façon, plus guère le choix.

Le chef approche doucement la fiole au-dessus de la tête de l'enfant, prononce quelques incantations dans un dialecte des moins courants, puis verse quelques gouttes sur son crâne. On dirait un baptême. Sauf qu'ici l'eau n'est pas bénite, mais magique. Le liquide court à toute vitesse le long des lianes, comme un serpent lumineux qui s'enroule autour de sa proie, laissant sur son passage une traînée d'étoiles étincelantes de mille et une couleurs.

Arthur en est bouche bée, épaté par tant de beauté et de magie. Mais il sourit un peu moins quand il constate que, sous l'effet du liquide, les lianes commencent à rétrécir et lui avec. Archibald se tient le visage. Il a déjà vu ce rituel mais jamais sur son petit-fils.

Arthur rétrécit, comme dans un corset serré par Hercule en personne. L'enfant n'a même plus assez d'air pour crier au secours. Les lianes se tordent, s'agrippent, se contorsionnent, se nouent autour de ce petit corps qui diminue à vue d'œil, comme une bouteille en plastique qu'on vide de son air avant de la jeter à la poubelle.

— Ne t'inquiète pas. Les racines boivent seulement l'eau de ton corps. Elles te laissent tout le reste, commente le chef, comme s'il faisait cuire un champignon.

Arthur aimerait bien faire un commentaire, mais il est incapable de remuer le moindre muscle. De plus, les racines commencent à l'étouffer et à le recouvrir complètement. Sa bouche n'est bientôt même plus visible.

— Tout ceci est normal, n'est-ce pas ? s'inquiète Archibald, au bord de l'évanouissement.

— Nous n'avons jamais essayé avec un enfant, mais Arthur est solide. Il résistera sûrement, répond le chef, toujours aussi direct.

— Aah ?! répond le grand-père comme s'il était rassuré. Mais il ne doit pas l'être vraiment puisqu'il tombe dans les pommes.

Malheureusement les Matassalaïs n'ont pas le temps de s'occuper du vieil homme et puis, de toute façon, les pommes n'ont jamais fait de mal à personne. C'est très bon, les pommes.

Priorité à Arthur qui maintenant est totalement invisible, étranglé de partout par les lianes qui ne forment plus à présent qu'une seule et même racine, comme une longue et fine tresse végétale.

L'un des guerriers attrape à deux mains le bambou qui lui servait de canne et commence à frapper le sol, à la recherche d'un terrain plus tendre. Le sol est assez rocailleux et il est obligé de s'éloigner de la lunette qui situe l'entrée du village minimoy. Le guerrier s'éloigne encore et encore, incapable de trouver un endroit où planter son bambou.

Du coup, tous les guerriers se mettent à chercher en tapant du pied un peu partout. Finalement, le chef a plus de chance que les autres, ou une meilleure connaissance. Il a trouvé un terrain meuble. Le guerrier s'approche, brandit son bambou à deux mains et le plante avec force dans le sol. Le morceau de bois s'enfonce d'au moins soixante centimètres.

Les guerriers regardent leur chef qui semble satisfait. Il attrape la liane retenant toujours Arthur, aussi épais qu'un fil de fer, et la glisse dans le bambou. Une fois la liane enfoncée jusqu'au bout, le chef matassalaï sort une deuxième fiole de couleur rose. Il profère deux, trois incantations, que l'on pourrait grossièrement traduire par : « Même la plus belle des fleurs aura toujours besoin d'eau », puis il verse tout le contenu de la fiole dans le bambou. Le produit coule le long de la liane, la recouvrant au fur et à mesure d'une fine couche de glace. On dirait le sucre glacé qu'on trouve fréquemment sur les beignets de la boulangère.

Sur ordre du chef, le guerrier assène un dernier coup sur le bambou, histoire de l'enfoncer un peu plus.

10

À l'autre bout, à près d'un mètre sous terre, un énorme bambou, mesurant à cette échelle un diamètre colossal, apparaît au plafond d'une grande salle, très colorée. À en juger par le mobilier, il s'agit d'une chambre à coucher, car il n'y a qu'un lit qui occupe les deux tiers de la pièce. Tissus soyeux aux murs, coussins fleuris en soie de chenille élevée sous la mère, gigantesques duvets d'oie qui font office de moquette, plus épaisse qu'une tranche de pain de mie.

Une dizaine de jeunes créatures étaient confortablement installées avant l'arrivée impromptue de cet énorme bambou qui a détruit le plafond. Ce sont des femelles de la tribu des Koolomassaïs, habitants de la Cinquième Terre. Elles sont toutes plus jolies les unes que les autres et sont toutes très occupées. Une moitié d'entre elles se vernit les ongles, tandis que l'autre se fait des tresses en coquillages.

Le produit qui a coulé dans le bambou arrive à destination et imbibe le bout de la racine. D'un seul coup, un magnifique bouquet de fleurs explose de couleurs. Il y en a de toutes sortes et de toutes formes. Une seule reste fermée, comme un gros bouton rouge qui ne demande qu'à s'ouvrir. D'ailleurs ça ne va pas tarder puisqu'il y a quelque chose qui gigote tellement à l'intérieur que le bouton n'en peut plus. Il éclate d'un seul coup comme un ballon et Arthur tombe directement sur le lit, comme une fleur au milieu de ces jolis brins de filles.

Il reprend ses esprits, crache quelques morceaux de plume d'oie et constate assez rapidement que la transformation a bien marché. Il est à nouveau minimoy. Ses mains n'ont plus que quatre doigts, ses oreilles sont allongées et gentiment poilues et il ne mesure plus que quelques millimètres. Avant on disait de lui qu'il était haut comme trois pommes, maintenant il en faudrait au moins trois comme lui pour en faire une.

Après s'être observé quelques instants avec une satisfaction évidente, il sourit à toutes ces jeunes filles qui ont toutes la bouche ouverte d'étonnement, encore sous le choc de cette apparition.

— Bonjour, les filles ! lance Arthur en levant la main, histoire de détendre l'atmosphère.

Les filles en question se mettent toutes à hurler.

Il n'a pas dû choisir les bons mots, mais il est vrai que son expérience en matière féminine est encore limitée. D'ailleurs, la seule fille qu'il connaisse est une princesse, ce qui fausse terriblement les statistiques. Arthur essaye de s'excuser du dérangement mais les hurlements, dignes d'un film d'épouvante, couvrent sa voix.

— Ce ne sont que quelques fleurs… tente-t-il en vain d'expliquer.

C'est alors que la porte de la chambre explose littéralement et le maître des lieux fait son entrée, un couteau deux cents fonctions à la main. « Il va le payer cher, l'intrus qui a osé forcer la porte de mon harem ! » peut-on lire entre les rides qui ornent le front de cet athlète. Mais d'un seul coup les rides disparaissent. Il plisse un peu les yeux et un large sourire laisse apparaître sa formidable dentition.

— Arthur ?! s'écrie avec enthousiasme le Koolomassaï en découvrant son ami.

L'enfant plisse les yeux à son tour. Il ne réagit pas très vite, mais vu ce qu'il vient de subir, personne ne lui en veut vraiment. Arthur regarde le Koolo et le reconnaît grâce à son chapeau.

— Max ?! bredouille le gamin, encore hésitant.

— Oui, c'est moi ! lui répond-il en l'attrapant comme du bon pain. Comme je suis content de te revoir, vieille crapule !

Et voilà qu'il lui tape dans le dos, comme sur

un vieux tapis. C'est bien Max. Il en a la voix et les manières. Ils s'étaient rencontrés au cours du premier voyage d'Arthur. Lui et Sélénia avaient atterri dans ce bar infâme que tenait Max. C'est là qu'ils avaient rencontré Darkos, le fils de M, qui, grâce à sa bêtise, les avait amenés jusqu'au repaire du maudit.

Arthur affiche maintenant un grand sourire, trop content d'être tombé en terrain ami.

— Dis donc, tu t'embêtes pas ! Tu viens directement chez moi me voler toutes mes femmes ! ? Ta princesse ne te suffit plus ?! plaisante Max, mais Arthur est encore trop jeune pour plaisanter sur ce sujet.

— Pas du tout ! explique-t-il. Je suis tombé ici par hasard ! C'est le guerrier matassalaï qui cherchait un terrain tendre et…

— Et il a trouvé l'endroit le plus tendre de toute la Cinquième Terre ! lui répond Max, avant que le gamin ne puisse finir sa phrase. Mes jolies, je vous présente Arthur, prince des Premières Terres ! lance Max à voix haute.

La présentation est bien alléchante et toutes les jeunes filles lui disent bonjour, plus charmeuses les unes que les autres. Un vrai concours de battements de cils.

— Arthur, je te présente Lila, Loula, Leïla, Lola, Liula, Loïla et Lala ! annonce fièrement Max.

— ... Ah ! là, là ! répond Arthur qui n'a trouvé que ça pour exprimer ce qu'il ressent.

Max éclate de rire tandis que ses sept femmes ricanent entre elles, comme des petites souris.

— Mets-toi à l'aise, mon gars ! lance Max en claquant des doigts.

Aussitôt, Leïla s'approche d'Arthur et lui met un petit linge chaud sur la figure, tandis que Lola et Loula lui enlèvent ses chaussures. Liula et Lila se sont mises derrière lui et massent gentiment ses épaules, c'est leur spécialité. Quant à Lala, elle se place face à Arthur et se contente de lui sourire. Lala est très connue pour son sourire. Il est si apaisant qu'on le compare souvent à celui d'une lune d'été. Un sourire de Lala, c'est comme prendre une semaine de vacances ! Et puis, elle a des yeux amande tellement beaux qu'on s'y perdrait avec plaisir. Mais Arthur n'a ni une semaine de vacances, ni le temps de se perdre. Il se redresse un peu et balbutie quelques excuses, mais Lala le pousse tout à coup et Arthur s'enfonce davantage dans les plumes d'oie.

— Jack-fire pour tout le monde ! propose Max qui sourit comme dans une pub pour dentifrice.

Lui, quand il sourit, on n'a pas l'impression de prendre une semaine de vacances, mais plutôt un an de prison. Les filles trinquent entre elles et s'enfilent leur jack-fire comme du petit-lait. Arthur tient son verre à distance, incommodé par la mousse et la fumée qui s'en dégage. Arthur est calé entre sept magnifiques créatures allongées sur un lit des plus douillets, aussi relaxant que le pire des feuilletons télé. Arthur se dit que beaucoup de ses camarades seraient ravis d'être à sa place.

Mais il a la tête ailleurs. Probablement posée sur l'épaule de Sélénia, sa princesse adorée qu'il est venu sauver. Arthur se redresse, donne son verre à Leïla et tente d'échapper au sourire ravageur de Lala qui, visiblement, commence à tomber un peu amoureuse de notre héros. Il faut avouer que quelques taches de rousseur et un pedigree de prince rendent un homme irrésistible. Mais cet homme est encore un enfant, et un enfant avec une mission, c'est plus têtu qu'une mule avec une carotte.

— Max ! Je te remercie pour ton accueil, mais l'heure est grave ! Les Minimoys sont en danger ! lâche Arthur, aussi sérieux qu'un croque-mort.

Une telle annonce casse forcément un peu l'ambiance et les jeunes filles se tournent vers Max, ne sachant pas quoi faire.

— Les Minimoys en danger ? En es-tu sûr ? Car hier encore, je leur ai livré des centaines de fleurs pour leur cérémonie annuelle de la marguerite ?! s'étonne le patron des lieux.

Arthur lui parle alors de l'araignée et de son message, du grain de riz qui vole dans le salon, de la panique qui s'en est suivie et de la course effrénée dans la nuit pour rejoindre la maison.

— Et puis il y a eu ce satané nuage ! Impossible de prendre le rayon ! Alors les guerriers m'ont fait passer par les lianes et voilà comment je suis arrivé jusqu'ici ! Désolé pour le plafond ! explique Arthur avec précipitation.

Max n'a pas tout compris, peu habitué à ces voyages interdimensionnels. Le patron réfléchit un instant. M le maudit ayant été écarté dans la précédente aventure, il ne voit vraiment pas ce qui pourrait menacer ainsi le peuple minimoy. Aucun cours d'eau débordant de son lit n'a été signalé, aucune démolition en perspective. Même l'été, plutôt clément, semble bien disposé à laisser gentiment sa place à l'automne.

— Tu es sûr de ton coup ? demande Max.

— J'en serai sûr quand j'aurai vu Sélénia, Bétamèche et le roi en bonne santé ! répond Arthur, bien décidé à aller jusqu'au bout. Peux-tu m'emmener jusqu'à leur village ? demande Arthur, de sa petite voix irrésistible.

Max semble un peu contrarié. Vu les tenues affriolantes de toutes ces jeunes femmes, il avait forcément prévu autre chose pour la journée. Mais la situation lui paraît assez importante pour qu'il la prenne au sérieux.

— Bon ! je vais t'accompagner jusqu'à leur village, mais après je te laisse parce que j'ai beaucoup de travail aujourd'hui ! lance Max en râlant un peu.

— Quel genre de travail ? demande Arthur, qui ne l'imagine pas une seconde en train de travailler. Max le prend par l'épaule et l'entraîne un peu à part.

— Aujourd'hui c'est le jour des maris. Je dois passer la journée avec ces dames. Elles doivent me confier tous leurs problèmes, moi, je dois les écouter en remuant la tête, comme si je comprenais tout, et après je leur promets que je vais arranger tout ça, tu comprends ?

Arthur est loin d'avoir compris. Il regarde les jeunes filles, plus accueillantes qu'un bouquet de violettes, et ne voit pas bien quel genre de problèmes elles pourraient avoir.

— Oh ! toutes sortes de problèmes ! Crois-moi ! réplique Max en levant les yeux au ciel. Et puis après, surtout, il faut les rassurer, les réconforter, les cajoler... tu vois ?

Arthur voit de moins en moins et il lui faudra encore quelques années pour que sa vue s'améliore.

— Je t'expliquerai en chemin ! répond Max afin d'écourter la discussion.

Il enfile un gilet de toutes les couleurs, comme s'il n'était pas assez voyant comme ça, et pousse Arthur vers la sortie.

— Bon, restez sagement ici, les filles. Je raccompagne mon ami Arthur et je reviens tout de suite.

Lala regarde partir son prince, aussi triste qu'une rose qui perd son premier pétale. Arthur a le cœur fendu, la main hésitante.

— Laisse tomber ! Il ne faut surtout pas la regarder dans les yeux, sinon elle t'hypnotise ! Un jour j'ai vu un cobra se suicider à cause d'elle ! lui explique Max en l'emmenant vers la sortie.

Arthur détache son regard de Lala avec difficulté et s'aperçoit effectivement de l'emprise qu'elle avait sur lui.

— Tu la regardes sourire plus de cinq minutes et tu ne sais plus comment tu t'appelles... D'ailleurs, comment tu t'appelles ? vérifie Max, un peu inquiet.

— Euh... Arthur, Arthur Bigantol !

— C'est bien ! lui lance Max, satisfait de sa réponse. Et maintenant... en voiture !

La voiture à tête de bélier traverse la nuit, toujours aussi lentement. La bonne nouvelle, c'est que la mère n'a plus mal au cœur, grâce à son mari qui a accepté de rouler encore moins vite. La mauvaise nouvelle, c'est qu'à cette vitesse-là, ils auraient pu rentrer à pied. Le moteur ronronne à la perfection, tout comme le passager arrière, toujours dissimulé sous sa couverture.

— J'ai un peu froid, avoue la mère.

Mais pas question pour le mari de mettre le chauffage. Ça tire sur la batterie, abîme les résistances, consomme davantage et donc coûte une fortune. Il pourrait citer ainsi, à l'infini, la liste des raisons pour ne pas mettre le chauffage.

— Prends donc la couverture du petit ! Il dort à poings fermés. Il ne sentira pas la différence, lui répond Armand.

La jeune femme a quelques scrupules à découvrir son fils, mais c'est vrai qu'il dort si bien. Et puis elle a droit, elle aussi, à un peu de confort après cet éprouvant début de voyage. Elle tire donc la couverture et pousse un cri d'horreur. Armand se raidit et mouline son volant pour éviter l'accident, la collision avec Dieu sait quoi, puisque la route est déserte.

— Qu'est-ce qui te prend de hurler de la sorte ?! grogne le mari en reprenant ses esprits.

— Arthur… il… il s'est transformé en chien !! s'écrie-t-elle, terrifiée.

Armand pile, debout sur les freins. Tant pis pour l'usure. Il se retourne et découvre Alfred qui préfère remuer la queue que de dire quoi que ce soit. Mieux vaut prétendre qu'il est content de les voir, vu qu'eux n'ont pas l'air contents du tout de le voir.

— Mais… c'est pas Arthur… c'est Alfred !! répond le père, excédé.

— Oh ?! excuse-moi ! Je… je n'avais pas bien vu dans le noir ! balbutie la mère, ajustant ses lunettes, mal à l'aise d'avoir confondu son fils avec un chien.

« Mais si le chien est là, où diable est Arthur ? » se demandent maintenant les parents. Armand regarde sous la banquette, sous les sièges, puis il descend et fait trois fois le tour de la voiture. Rien, et surtout personne.

— Il s'est tout de même pas envolé ?! grogne le père, encore une fois très agacé par ce nouveau tour de magie.

Il n'aime décidément pas ça, les mystères. Ni les surprises. Encore moins celles de sa femme. Il se souvient du jour où son épouse lui avait annoncé qu'elle attendait un heureux événement. Il lui avait ordonné immédiatement de lui dire de quelle nature exacte était l'événement dont elle parlait. Quand sa femme lui avoua que c'était un bébé, il n'eut de cesse de savoir s'il s'agissait d'un garçon ou d'une fille.

— Je n'en sais rien ! répondait inlassablement la pauvre femme, incapable en ces années anciennes de lui fournir une réponse.

Le père n'en croyait pas un mot. Comment pouvait-elle porter en elle quelque chose sans savoir ce que c'était ? se répétait-il à longueur de journée. Il harcelait aussi ses parents, persuadé qu'ils faisaient partie du complot. Ce fut un grand soulagement pour tout le monde quand Arthur vint au monde.

— Peut-être est-il retourné chez Archibald ? suggère la mère.

Armand réfléchit à cette explication et l'accepte, vu qu'il n'en a pas d'autre.

— Bien sûr qu'il est retourné chez Archibald ! répond-il, avec une mauvaise foi évidente. La seule question qui se pose c'est : quand a-t-il bien pu sauter de la voiture en marche ?! ajoute-t-il, sûr de lui.

Avec un partenaire comme Armand, il aurait fallu cent ans à Rouletabille pour élucider le mystère de la chambre jaune. Quoi qu'il en soit, Armand prend les choses en main, en l'occurrence le volant, direction la maison qu'ils ont quittée, il y a à peine une heure.

11

Max entre dans son garage. L'endroit est assez grand pour y garer toutes sortes de véhicules. Il y a deux gamouls, dont un à bosses, à ranger dans la catégorie des gros porteurs. Une Limo-Namata, très pratique pour les voyages en groupe. Un crabe de combat sur lequel Max avait lui-même rivé quelques piques de défense. Son crabe est très susceptible et démarre au quart de tour. Max l'appelle Omar. Le comble pour un crabe.

— On va prendre la beetle ! lance Max, qui n'a donc pas l'intention de passer inaperçu.

Il soulève la feuille qui abrite une magnifique coccinelle. Max l'a repeinte, jugeant ses taches noires un peu tristes. Elle est donc rose à pois jaunes et bleus. C'est vrai que c'est beaucoup plus gai. On dirait un taxi jamaïcain.

— On ne va pas se faire repérer avec ça ? demande Arthur, un peu inquiet d'avoir à traverser toutes ces terres inconnues, assis sur un tel engin.

— Bien sûr qu'on va se faire remarquer ! Sinon quel est le but du « cruising » ?! répond Max, un sourire jusqu'aux oreilles.

— C'est quoi ? Quelle cousine ? demande Arthur, naïvement.

— Le cruuuizzzinn ! répète Max avec l'accent du coin. On prend la caisse, on descend la grande avenue, puis on la remonte, puis on la redescend, puis on la remonte et ainsi de suite jusqu'à ce que tu aies embarqué une jolie passagère ou bien que t'aies plus d'essence ! explique-t-il, avant d'éclater de rire.

Arthur se gratte la tête et regarde cette pauvre coccinelle qui hausserait volontiers les épaules, si elle en avait. Elle se contente de soupirer, blasée des frasques de son propriétaire.

Max ouvre un grand panier et attrape deux vers à soie qu'il tire allègrement, histoire de les allonger. Aussitôt, les deux invertébrés se mettent à faire de la lumière. Une belle lueur violacée qui justifie largement leur appellation de « ver luisant ».

Max met un genou à terre et colle ses deux barres de lumière sous son véhicule.

— Comme ça, on verra mieux la route ! lance-t-il à son passager qui n'en croit pas ses yeux.

Max grimpe sur le dos de la coccinelle et s'assied sur la selle biplace, spécialement gravée à ses initiales. Arthur s'essuie les pieds, par habitude, et monte à son tour sur l'animal. Un petit coup de talon et la coccinelle se met à trotter sur ses huit pattes. La beetle quitte le garage et s'engage dans une large avenue souterraine. À la grande surprise d'Arthur, la rue est noire de monde. La beetle se met dans le trafic et avance à deux à l'heure. La majorité de la population est évidemment de la famille des Koolomassaïs. Ils sont facilement reconnaissables à leurs dreadlocks, et leur démarche est tellement souple qu'on dirait qu'ils sont montés sur chewing-gums. C'est aussi les seuls qui se baladent les mains dans les poches, alors que tous les autres transportent quelque chose. C'est peut-être parce que c'est les seuls qui ne travaillent jamais, trop occupés qu'ils sont à jouir de la vie. La plupart des Koolos sont assis au bord du trottoir ou aux terrasses des petits bars qui poussent ici aussi bien que des champignons après la pluie. Ça fume des racines, ça boit du jack-fire, ça regarde passer les véhicules, plus extravagants les uns que les autres.

— C'est ça le cruising, petit ! Une main sur le volant, un sourire aux lèvres et surtout bien rouler doucement pour avoir le temps d'apprécier et d'être apprécié ! explique Max aussi content qu'un saumon qui remonte le courant.

Mais il n'y a pas que des Koolos dans Cruising-Avenue. Il y a beaucoup de balong-botos, ces animaux aux longues oreilles qui vivent sur la Troisième Terre. D'habitude, ils viennent en ville pour se faire tondre, mais ce n'est pas encore la saison. Alors, en attendant, pour gagner un peu d'argent, ils nettoient les rues avec leurs grandes oreilles.

— C'est pas très hygiénique ! commente Arthur, qui a l'habitude de nettoyer ses oreilles plutôt que de nettoyer avec ses oreilles.

Mais sa question n'est due qu'à son ignorance. Tout le monde sait ici que les balong-botos ont un système autonettoyant très sophistiqué, qui lave leurs oreilles en permanence. Il s'agit en fait d'une association animale. Des petites puces, appelées les atomik bombers, mangent en permanence les saletés recueillies par les balongs et en font des petites boules qu'elles enrobent d'une salive épaisse, comme un vernis. Une fois l'estomac plein de ces petites boules, elles en font le commerce car certains vers des bas-fonds, comme les penjimarus, raffolent de ces petites gâteries que d'autres considèrent comme des ordures. Les balongs et leurs petites puces font ainsi bon ménage, les rues sont propres et les vers bien remplis.

Arthur est assez surpris de voir quelques vieux séides à la retraite mendiant auprès des passants quelques miettes de bellicorne (le gâteau national, comme chacun le sait).

Devant eux, les véhicules ralentissent et la beetle

est même obligée de s'arrêter quelques secondes. Ce bouchon soudain est dû au passage d'un groupe de perlananas. Il faut avouer qu'il n'y a pas de plus bel insecte dans toutes les terres que les perlananas. Effilées comme des amandes, brillantes comme des diamants, elles ont de petites bouches en cœur et de grands yeux aussi clairs que des perles d'eau. Mais le plus impressionnant, c'est leur démarche : à faire pâlir une panthère noire, à rendre jalouse une danseuse de l'Opéra, Arthur n'a jamais rien vu d'aussi gracieux. Même un lévrier, à côté, aurait l'air d'un caillou.

— Alors, ça te plaît le cruising ? lui lance Max, amusé par le visage déconfit de son passager.

Le gamin reprend peu à peu ses esprits.

— C'est bien tout ça, mais à cette vitesse-là, on risque d'arriver tard ! Et tard, il sera peut-être trop tard ! répond Arthur.

— Tu as raison. On reviendra plus tard.

Max tire sur une cordelette et la coquille de la beetle s'ouvre en deux, libérant ainsi ses petites ailes. La coccinelle s'élève au-dessus de l'embouteillage et part en rase-mottes, soulevant ainsi une épaisse poussière, ce qui lui vaut une vague d'insultes qui l'accompagne jusqu'au bout de l'avenue.

— Cruuuiizzzinnn ! leur crie Max en leur passant au-dessus de la tête, histoire de les énerver un peu plus.

Cruising vient du mot « croiser ». Donc le père n'en fait pas du tout puisqu'il ne croise personne. Il n'a pas le rythme non plus, car, pour une fois, il roule à fond : quatre-vingts chevaux au galop.

— Chéri, ne va pas si vite ! J'ai mal au cœur ! se plaint sa femme, les mains agrippées sur le tableau de bord.

— De toute façon, quand je vais doucement, tu es malade aussi ! réplique le père, concentré sur sa conduite.

C'est plutôt sympathique de voir le père s'inquiéter pour son fiston, car, à force de le voir crier sur lui, on finissait par se demander s'il l'aimait vraiment. Peut-être que cet homme ne sait pas y faire, mais la fibre paternelle est bien là. Aimer est une chose qui s'apprend, comme le criquet ou les nœuds de chaussures. Une main doit vous guider, si ce n'est un cœur. Il a probablement été mal aimé, ou aimé de travers par ses propres parents pour être aussi inapte.

Quoi qu'il en soit, sa conduite à tombeau ouvert dans la nuit traduit bien l'affection qu'il éprouve pour son fils. C'est toujours quand on a peur de perdre quelqu'un qu'on lui montre de l'attention. En attendant, il ferait mieux de porter son attention sur la route : un drame est si vite arrivé. D'un côté, c'est bon signe qu'il sente à nouveau cet amour gargouiller au fond de son cœur. De l'autre, c'est plutôt dangereux, car se déconcentrer quelques secondes, au volant d'un bolide de quatre-vingts chevaux, lancé à plus de cent trente sur les routes de campagne, n'a jamais porté chance. De plus, Armand s'est déconcentré au plus mauvais moment, celui choisi par un troupeau de chèvres pour traverser la route. Inutile de chercher le responsable, l'abruti qui n'a pas fermé la barrière, le troupeau est là, au milieu de l'asphalte. Comme tout se passe très vite dans ces cas-là, prenons le temps ici de bien comprendre.

Armand se met debout sur ses freins. Les roues se bloquent aussitôt dans un crissement suraigu. La femme se prend immédiatement le pare-brise en pleine poire et se met à hurler. Le hurlement insupportable de cette femelle de race inconnue affole évidemment le troupeau qui s'immobilise un peu plus au milieu de la route. Armand donne des coups de volant dans tous les sens, mais ses roues bloquées ne font que glisser sur la poussière de la route. Profitons-en pour préciser que des roues bloquées sur une route glissante n'ont jamais arrêté une voiture. Elle fonce donc irrémédiablement vers le troupeau qui commence à s'affoler, comme à l'approche du loup. Mais le gros bouc, patron du troupeau, n'a pas peur du loup et tandis que ses congénères commencent à fuir de tous côtés, le chef se met bien en évidence.

Armand se fige sur son volant, les yeux exorbités de terreur, certain qu'il ne pourra éviter l'impact. De son côté, l'animal aperçoit, au milieu de la lumière surpuissante des phares, le visage de l'ennemi. Il ne s'agit pas d'un loup, mais d'un bélier à la tête d'argent. Il faut dire que l'emblème de la marque est bien imité et le fait qu'un vrai bouc puisse se méprendre en est la preuve.

L'animal (le vrai) se campe donc sur ses pattes arrière et baisse la tête, offrant ses cornes, prêtes au combat. Son adversaire est dix fois plus gros que lui, mais notre bouc est orgueilleux et il ne faillira pas devant le troupeau. Armand ferme les yeux. Les deux animaux se percutent, cornes contre cornes. D'habitude, dans ce genre de combat, les adversaires se mettent des coups de tête pendant des heures, jusqu'à ce que les cornes cèdent. Ici, un seul assaut aura suffi. La voiture est détruite. Les phares louchent grossièrement, le radiateur fume copieusement. On ne compte plus les fuites sous le véhicule. Le bouc est un peu sonné. On le serait à moins.

— Excusez-moi !! balbutie le père qui réalise seulement maintenant qu'il a ignoré le panneau « Attention, animaux sauvages ».

Le bouc titube quelques secondes, puis retrouve ses esprits. Il éternue un bon coup et gonfle à nouveau le torse. Sa victoire est éclatante et le troupeau bêle de soulagement, avant de disparaître à nouveau dans l'épaisse forêt qui borde la route.

Armand n'a toujours pas bougé, les yeux toujours aussi globuleux, les mains toujours crispées sur le volant. Si seulement il avait eu les moyens, il se serait acheté une Jaguar et la panthère, à l'avant de la voiture, n'aurait fait qu'une bouchée de ce stupide animal, bon qu'à faire des fromages. Armand remonte un peu sa mâchoire qui pend mollement et jure ses grands dieux que plus jamais il n'astiquera ce foutu bélier, aussi emblématique soit-il.

12

La beetle de Max ne risque pas de croiser un bouc à cette altitude. Elle vole dans la nuit, au-dessus du sol que les vers luisants, collés sous la voiture, prennent soin d'éclairer. C'est joli de voir les herbes sortir ainsi du noir, pendant quelques instants. Cela ressemble aux temples oubliés qu'on découvre au hasard de la torche. Arthur regarde souvent des reportages à la télévision. Les secrets de la grande pyramide, le monde englouti d'Atlantis, le temple oublié d'Angkor. Toutes ces aventures le font rêver. Jamais il n'aurait imaginé qu'un jour, il serait lui aussi au centre de la plus incroyable des aventures.

Arthur, mille ans, deux millimètres, traverse le jardin à dos de coccinelle, aux côtés d'un Koolomassaï à sept femmes. Ça vaut bien les pyramides.

Max tire un peu sur les rênes et la coccinelle pique vers le sol. Avant même qu'Arthur ait eu le temps d'avoir peur, la beetle a plongé entre deux brins d'herbe et s'est engagée dans une vieille canalisation éventrée. Il faut vraiment connaître l'endroit pour conduire de la sorte. La coccinelle avance en oscillant dans le tuyau, projetant sa belle lumière violette tout autour de la paroi. Max conduit d'une main, comme le veut la tradition. Pas question de jouer les stressés agrippés au volant. Quand on est un Koolomassaï, la règle est de rester cool en toute circonstance.

Arthur regarde défiler le tuyau et la bifurcation que Max prend sans même hésiter.

— Je crois que je reconnais ! dit Arthur. J'étais passé par là avec ma voiture.

— Qu'est-ce que tu as comme véhicule ? demande Max, intrigué.

— Une Ferrari. Cinq cents chevaux, lâche Arthur, qui se la joue un peu.

— Cinq cents chevaux ? Ça fait combien, en coccinelles ? questionne Max qui n'a jamais entendu parler d'une telle mesure.

— Euh… j'en sais rien ! répond le gamin.

C'est vrai qu'il n'est pas facile, au pied levé, d'imaginer combien de coccinelles on pourrait éventuellement faire tenir dans un cheval.

Max tire doucement sur une autre manette. Ça doit être le frein, car l'animal ralentit fortement. Elle pose les pattes arrière, soulève un peu de poussière, rentre ses ailes sous sa carapace et reprend sa marche à huit pattes.

— Et ça ? elle sait le faire, ta Ferrari ? lance Max, pas peu fier de sa coccinelle.

— Non, ça, elle ne sait pas le faire ! répond gentiment Arthur, qui ne veut pas gâcher le plaisir de son ami.

Le véhicule arrive au fond du tuyau, là où se trouve la fameuse porte qui marque l'entrée du monde des Minimoys. Arthur se souvient de cette porte pour avoir tapé dessus comme un sourd, tandis que l'eau s'engouffrait dans le conduit. C'était lors de sa première aventure. Il avait, ce jour-là, échappé de peu aux griffes de M le maudit. Et voilà Arthur à nouveau devant cette porte, le cœur serré, les mains nouées, ému comme au premier jour. Il va revoir Sélénia et cette pensée emballe son cœur. Un vrai tambourin. Le retour est souvent ce qu'il y a de plus éprouvant. On est ivre de bonheur à l'idée de retrouver son compagnon, mais cette excitation cache aussi une crainte, plus profonde, plus insidieuse. Et si l'autre avait changé ? Et si l'autre, à cause de ce temps qui défait tout, avait changé d'avis et d'amour ? « Loin des yeux, loin du cœur », dit le proverbe. Cette pensée lui glace le sang et un frisson lui traverse le corps, de la tête aux pieds.

— Bon ! je vais y aller ! Je ne voudrais pas laisser les filles trop longtemps toutes seules ! dit

Max, sans se rendre compte qu'il aggrave la situation.

Si Max a peur de quitter ses femmes rien qu'une heure, que doit penser Arthur qui a abandonné Sélénia pendant dix lunes ?

— Elle va même pas me reconnaître ! pense Arthur, pris de panique.

Max lui jette un signe d'adieu, puis nous fait un retournement-décollage digne des plus grands kakous. Arthur le regarde s'éloigner avec un peu d'amertume. Il aurait préféré ne pas être tout seul pour affronter l'inconnu, mais la vie est ainsi faite. Comme le dit souvent son grand-père : « C'est comme ça ! » Que Sélénia le reconnaisse ou pas, il lui faut répondre à un message de détresse. « Au secours ! » disait le grain de riz.

L'heure est donc à l'intervention rapide, à l'opération commando et pas à la mélancolie. Arthur frappe alors sur la porte comme un forcené. Chacun de ses coups résonne dans le tuyau immense, mais aucune réponse ne lui parvient. La porte reste muette. Arthur frémit à nouveau. Pourvu qu'il n'arrive pas trop tard. Ne pas être reconnu par Sélénia est une chose, la perdre en est une autre. La pensée d'une telle catastrophe lui donne encore plus de forces pour taper sur cette foutue porte qui ne veut rien savoir.

La panique commence à monter en lui et il doit faire tous les efforts du monde pour qu'elle ne le submerge pas.

« Réfléchis, Arthur ! réfléchis ! Il doit y avoir une solution ! » se répète-t-il sans cesse en longeant la porte comme un lion en cage.

Puis soudain, une étincelle.

— Le périscope ! lance-t-il à lui-même.

Il se souvient effectivement de cette petite cavité qui permettait aux habitants de scruter le tuyau sans avoir à sortir du village. Arthur pose ses mains sur la porte et cherche à tâtons une épaisseur ou une fente qui trahirait l'emplacement de cette ouverture.

— Là ! crie Arthur, renseigné par ses doigts, qu'il glisse aussitôt dans l'interstice.

Il tire de toutes ses forces et le panneau finit par céder. Derrière, il y a une vitre bleutée, Arthur l'avait oubliée. Ça bloque malheureusement le passage, mais ça lui permet au moins de voir à l'intérieur du village et ce qu'il voit le terrifie. Il ne s'y passe absolument rien. Pas un seul mouvement. Pas âme qui vive. Le village d'habitude plein de vie, si coloré, si joyeux, est aujourd'hui d'une tristesse à mourir. Arthur colle ses mains contre la vitre, pour éviter les reflets. Il a beau scruter les environs, il n'y a pas un Minimoy qui traîne. Pas même un mül-mül. Arthur ne connaît pas encore la nature du problème, mais il peut déjà en mesurer l'ampleur. On ne parle plus ici d'un drame ou d'une menace, mais bien d'un désastre national, puisque le peuple tout entier a disparu. Qui a bien pu commettre un acte pareil ? Ont-ils été capturés ? Jetés tous en prison, ou exterminés les uns après les autres ? Autant de questions auxquelles Arthur ne peut pas répondre pour l'instant et son impuissance le rend malade. La colère lui monte jusqu'au visage, jusqu'au bout des doigts et il assène un violent coup de poing sur cette glace bleutée, qui ne lui a pourtant rien fait. La vitre tombe en arrière, comme un vulgaire volet mal verrouillé. Encore un garde royal qui a mal fait son travail. Arthur est tout étonné par sa découverte. Pour une fois que la colère lui sert à quelque chose. Il avance son petit visage dans l'ouverture et regarde dans les coins, là où la glace l'empêchait de le faire. Mais rien de nouveau dans les coins. Le village est toujours aussi désert, toujours aussi mort.

— Il y a quelqu'un ? se risque-t-il à crier, mais son appel n'obtient pas plus d'écho que les précédents.

Il essaie une nouvelle fois, un peu plus fort, mais le résultat est le même. Alors que la dépression se réjouissait à l'idée de pouvoir l'envahir, Arthur jette un regard sur cette petite ouverture, pas si petite que ça. Il se demande même si un garçon de dix ans, mesurant provisoirement deux millimètres, ne pourrait pas s'y glisser.

« Qui ne tente rien n'a rien ! » se dit-il, comme pour se donner du courage. De toute façon, il n'a pas le choix. C'est sa seule idée. Sa seule chance. On dit généralement que quand les fesses passent, le reste passe. Sauf que dans le cas d'un petit garçon, transformé en Minimoy, la tête est plus grosse que le popotin. Il décide donc de passer les pieds d'abord. Les fesses passent de justesse, mais au passage de la tête, il se fait tirer les oreilles, ce qui est un comble pour quelqu'un qui est en train de commettre une bonne action. Il tombe par terre, comme un paquet de linge sale au fond d'un panier. Il se remet rapidement sur pied et s'époussette afin d'être présentable, même s'il n'y a personne pour l'accueillir. Arthur fait un tour sur lui-même, scrute tous les recoins, mais le lieu reste définitivement désert.

13

Il avance doucement vers la place centrale, habituellement pleine de vie puisque c'est là que le roi réunit son peuple, lors des grands événements populaires. Les Minimoys se rassemblent souvent car ils aiment particulièrement les hommages. Ce n'est pas un peuple de guerriers, mais plutôt un peuple à la larme facile. Le moindre défilé les réjouit, le moindre poème les séduit. Ce qu'ils préfèrent par-dessus tout, ce sont les cérémonies florales. Comme il y a trois cent soixante-cinq fleurs dans le royaume, on en honore une par jour.

Chaque matin donc, les habitants se réunissaient sur la place, face au palais, et chantaient les louanges de la fleur du jour. Ces cérémonies étaient toujours très émouvantes, et chacun y allait de sa larme. Évidemment, le larmanteur passait dans les rangs et récupérait toutes ces précieuses larmes dans un ver à soie, autrement dit un verre à lui. Toutes ces perles de tristesse, ou de joie, étaient récoltées et mises à l'abri dans un grand vase. À la fin de l'année Sélénielle, qui correspondait bizarrement au premier avril de notre calendrier à nous, le précieux liquide était alors répandu au cours d'une gigantesque cérémonie, appelée la fête du poisson. C'était une cérémonie de la plus haute importance, même si certains la trouvaient grotesque et pensaient que ce poisson d'avril avait tout l'air d'une blague. D'ailleurs, il paraît que cette mauvaise rumeur avait traversé les frontières jusqu'à remonter à la surface et que même les hommes passaient la fameuse journée d'avril à se moquer de l'événement.

Quoi qu'il en soit, la tradition demeure et, le premier avril, le roi, à l'aide de Mogoth, son fidèle porteur, verse les larmes récoltées pendant l'année au pied d'un gigantesque poisson gravé dans la pierre. Pourquoi diable un poisson me demanderez-vous ? Parce que dans la culture minimoy on se doit de remercier le ciel et d'honorer tout ce que l'on connaît. Mais aussi tout ce que l'on ne connaît pas. Il est effectivement fort méprisable et malvenu d'ignorer quelqu'un sous le simple prétexte qu'on ne le connaît pas. Le poisson étant probablement l'animal le plus éloigné de leur style de vie, il est donc devenu le symbole de cette ignorance, et c'est lui qu'on honore chaque année au nom de tous ces inconnus qui pourtant participaient, autant que les Minimoys, à cette grande chaîne de la vie qu'ils chérissent tant. Apporter ces larmes de bonheur, donner cette eau précieuse à un poisson, est un geste symbolique, mais qui traduit à merveille la sensibilité du plus petit des peuples.

Maintenant que vous connaissez la vérité sur ce fameux poisson d'avril, vous verrez qu'il vous sera beaucoup plus difficile d'en rire et plus aisé d'en pleurer.

Arthur s'assoit sur un rocher. Il est tout dépité. Pas âme qui vive et le mystère de cette disparition reste entier. Il a bien vu quelques traces de pieds au sol, mais rien de significatif. Il pose son coude sur son genou et plonge son menton dans sa main, en poussant un grand soupir. Il est beau comme ça, Arthur, quand il pense, on dirait une statue. Il regarde un instant une autre statue, située sur la gauche, à l'entrée du palais. Il n'est pas rare d'avoir ce genre d'ornement à l'entrée d'un bâtiment officiel, mais celle-ci a une position bien étrange. Le modèle est couché sur le sol, les mains croisées sur la joue. On dirait qu'il dort. Arthur fait un bond en arrière. « Mais ce n'est pas une statue ! » réalise-t-il tout d'un coup. C'est un Minimoy ! Arthur traverse la place en courant.

« Pourvu qu'il ne soit pas mort ! » se dit-il, car il est son seul espoir, la seule personne qui puisse expliquer cette mystérieuse disparition collective.

Arthur s'approche du corps, mais ce dernier est inerte, sans vie. Que s'est-il donc passé ? S'est-il battu pour défendre sa vie ? Pour protéger la fuite de son roi ? Mais battu contre qui ? Contre quoi ? Aucune trace suspecte autour du corps, aucun indice qui pourrait le guider. Le garde est au sol, un peu recroquevillé, comme s'il piquait tout simplement un petit roupillon. Le seul indice, peut-être, c'est ce petit couinement, presque inaudible. Arthur met un genou à terre et se penche sur le corps, pour mieux identifier la provenance de ce sifflement. On dirait plutôt un ronflement, d'ailleurs, un peu comme celui de Marguerite, mais en moins violent.

— Mais… il ronfle ! ? s'écrie Arthur, qui réalise d'un seul coup sa méprise.

Il se redresse et balance, sans ménagement, un coup de pied dans les fesses de cet imposteur. Le garde sursaute et se dresse instantanément, la lance en avant.

— Au secours ! le palais est attaqué ! À moi, mon roi ! hurle-t-il, avant même d'avoir analysé le danger.

Arthur lui fait de grands signes, comme pour aiguiller un avion.

— Eh ?!... oh ! ? c'est moi ! Arthur ! lui crie-t-il en prenant soin d'articuler.

Le garde reprend peu à peu ses esprits en réalisant que le danger se limite à ce petit bonhomme qui est devant lui. Un petit bonhomme dont le visage lui dit quelque chose et, à bien y réfléchir, la voix aussi.

— ... Arthur ?! balbutie le garde, confus de sa méprise.

— Oui, c'est moi ! Arthur Bigantol ! le petit-fils d'Archibald et le mari de... Sélénia !

Arthur a encore du mal à réaliser qu'il est marié à la princesse. La cérémonie avait été si rapide et les témoins si rares (un seul !) qu'il a du mal à croire que cet heureux événement ait réellement eu lieu.

— Mais bien sûr ! Arthur ! dit le garde, comme s'il n'en avait jamais douté. Quel bon vent t'amène ?

La question sidère Arthur. A-t-il dormi si longtemps qu'il n'est même pas au courant du drame qui secoue son village ?

Mais avant même qu'il puisse dire quoi que ce soit, le garde lui dit sur le ton de la confidence :

— Dis-moi, le petit somme que je faisais là... ça ne m'arrive jamais d'habitude ! Je suis toujours fidèle au poste ! Mais j'ai dû manger trop de bellicornes hier soir et ça m'a porté sur l'estomac ! J'espère que ce petit incident restera entre nous ? précise-t-il.

— Euh… oui. Bien sûr ! répond Arthur, un peu perdu.

— À la bonne heure !! se réjouit le garde, avant de se mettre à hurler. Oyez braves gens ! Arthur est de retour ! Vive Arthur ! Vive le prince Arthur !

D'un seul coup, des petites lumières s'allument de tous côtés. Chaque maison a une fenêtre qui s'allume et les habitants commencent à apparaître sur le pas de leur porte. Certains dorment encore à moitié, d'autres sont déjà tout excités, mais tous sont en bonne santé.

Arthur regarde, ébahi, le spectacle de la ville tout entière qui se réveille. Des dizaines de Minimoys qui apparaissent de partout, descendent des plus hautes branches en glissant le long des lianes, d'autres en empruntant des toboggans qui les amènent directement au centre-ville. Tout le monde prononce son nom et la rumeur se propage plus vite qu'un rond dans l'eau. À chaque fois que le nom d'Arthur est scandé, c'est un visage qui s'allume. Les enfants hurlent de joie, les parents battent des mains et tout ce petit monde se dirige au pied du palais, aux pieds d'Arthur.

Le gamin pleure comme une madeleine, en précisant qu'on ne parle pas ici du gâteau, qui a bien souvent cramé mais jamais pleuré. Comment ne pas fondre devant un tel accueil, un tel débordement de joie et de bonheur ? Lui qui avait peur qu'on l'oublie ne peut que constater à quel point il est resté présent dans la mémoire de ces petits hommes. Même à l'école, quand Arthur revenait des grandes vacances, ses meilleurs amis ne l'accueillaient pas comme ça, bien au contraire. Le temps des vacances marquait toujours une distance et chacun se reniflait avant de copiner à nouveau.

Ce n'est pas le cas chez les Minimoys et chacun vient se jeter au cou d'Arthur avec autant de bonheur qu'une puce qui tombe sur un chien. L'un d'entre eux fend la foule avec ardeur et se jette littéralement sur Arthur, qui en tombe à la renverse.

— Bétamèche ?! réalise Arthur en découvrant la frimousse de son agresseur.

— Arthur, c'est bien toi !! postillonne le petit bonhomme, ivre de bonheur.

Les deux amis se serrent fort l'un contre l'autre et font quelques roulades sur le sol, comme deux lionceaux qui se chamaillent joyeusement. Tout ça ressemble fortement à du bonheur.

— Mais où étiez-vous tous ! ? J'étais tellement inquiet !! finit par demander Arthur.

— Ben... on dormait ! T'as vu l'heure qu'il est ? lui répond Bétamèche, en lui montrant le sablier qu'il a au poignet.

C'est vrai que le village est sous terre, il n'est donc pas toujours évident de savoir l'heure qu'il est, mais vu qu'Arthur est passé par les lianes aux environs de minuit et que la balade en coccinelle n'a pas duré plus d'une heure, on est donc effectivement en pleine nuit.

— Mais qui donc a l'audace de me réveiller en pleine nuit ?! proteste le roi de sa voix rauque, confirmant ainsi l'heure tardive.

Le bon roi n'a pas eu le temps de monter sur son Mogoth. Il est donc un peu ridicule, avec ses petites jambes à l'air. De plus, son short bouffant, en feuilles d'acacia, est des plus grotesques. Mais il ne viendrait à l'idée de personne de se moquer de lui. D'abord parce qu'on ne se moque jamais du roi, ensuite parce que tous les Minimoys portent ce genre de short ridicule. Par contre, tout le monde ne peut pas se payer une matière pareille, puisque la feuille d'acacia est considérée comme précieuse. Probablement parce que l'arbre perd rarement ses feuilles et qu'il est donc rare d'en trouver sur la Septième Terre.

Quoi qu'il en soit, le roi se frotte les yeux, se secoue comme un chien qui serait tombé à l'eau et réitère sa question :

— J'ai dit : qui a eu l'audace de me réveiller ! ? crie-t-il un peu plus fort, afin d'être entendu.

Bétamèche tourne la tête et aperçoit son père.

— C'est Arthur, papa ! Regarde ! lui répond son fils, la mine réjouie, en poussant son camarade vers le palais.

— Arthur ?! balbutie le roi, qui s'inquiète soudain de sa tenue. Excuse-moi, je… je ne suis pas très présentable, mais… que viens-tu faire ici en pleine nuit ? demande le roi, un peu déboussolé.

Arthur se sent mal à l'aise, tout d'un coup. Il vient de réveiller un village entier qui dormait paisiblement et qui semble en pleine forme. Il n'a pourtant pas inventé ce grain de riz et cette araignée qui le suivait partout ?

— Un grain de riz ? interroge le roi. En voilà une drôle d'idée !

L'idée est tellement drôle que tout le monde se met à rire. Ils sont comme ça, les Minimoys. À la moindre occasion, ils rient comme des baleines ; à la moindre contrariété, ils pleurent comme des fontaines.

— Les Minimoys n'écrivent que sur des feuilles, mon jeune garçon, précise le roi, avec un soupçon de snobisme dans la voix. Feuilles de chêne pour les grandes lois, feuilles d'érable pour les pensées et les dictons, feuilles de tilleul pour les recettes de cuisine, feuilles de bouleau pour les notes de service…

— Feuilles de charme pour les messages coquins ! le coupe Bétamèche, avec un sourire espiègle. Mon père a la plus belle collection de feuilles de charme et…

— Euh… oui, bon ! Il a compris, je crois ! intervient le roi qui ne veut pas que la conversation dérive sur des sujets aussi délicats.

Les Minimoys, on l'aura compris, ont une feuille pour chaque usage. La feuille de platane pour les rapports d'accidents, la feuille de frêne pour les condamnations, la feuille de peuplier pour les problèmes sociaux, la feuille de chou pour les faire-part de naissance et l'aiguille de sapin pour les condoléances... mais arrêtons là cette liste sans fin. Le roi se tourne vers Taag, Hermit de son prénom, écrivain officiel du royaume et peintre à ses heures.

— Écrire sur un grain de riz ? Tu entends ça, Taag ? Pourquoi pas écrire sur les murs aussi ? plaisante le roi, décidément de bonne humeur malgré l'heure avancée.

Taag n'a pas l'air choqué et l'idée lui paraît même intéressante.

— Je pense que quelqu'un t'a fait une mauvaise blague, mon bon Arthur ! conclut le roi en tapotant l'épaule de ce jeune homme, décidément trop naïf.

Arthur est un peu perdu. Personne, à l'évidence, n'a pu écrire ce message de son côté à lui. Archibald n'a pas ce genre d'humour, Marguerite est trop occupée à faire le ménage, sa mère trop miro pour écrire si petit et son père pas assez patient pour écrire quoi que ce soit. Il ne reste guère qu'Alfred. Arthur ne tarit pas d'éloges sur son chien et le sait capable de choses incroyables, mais de là à graver un grain de riz ! De plus, ce n'est pas son écriture. Si ce n'est personne du dessus, c'est donc forcément quelqu'un du dessous.

14

— Sélénia ?! s'écrie tout à coup le jeune homme.

Elle est la seule absente. La seule donc à être en danger. Quoi de plus naturel pour une princesse en péril que d'essayer de prévenir son prince ? Tout prend maintenant un sens et Arthur commence à s'affoler.

— Où est-elle, sire ?! Sélénia ?! Où est-elle ?! demande Arthur avec insistance.

— Eh bien… probablement dans sa hutte ! répond simplement le roi.

— Non ! entend-on résonner dans la foule.

Tout le monde se retourne pour identifier celui qui parle de cette petite voix douce comme un poème, sage comme un vieux chêne. Arthur se décale un peu pour apercevoir ce personnage qu'il pense déjà avoir reconnu. C'est bien Miro, la petite taupe. Il est affublé d'un bonnet de nuit en forme de corne de brume et d'un short encore plus rigolo que celui du roi. On dirait qu'il porte des couches-culottes, ce qui est fort peu probable vu son âge. Il est effectivement encore très jeune. Miro fend la foule et vient prendre les mains d'Arthur.

— Je suis tellement content de te revoir, mon jeune Arthur, lui dit le sage, un beau sourire sur le visage. Nous t'attendions un peu plus tôt dans la salle des passages.

Arthur s'en excuse et explique toute son aventure jusqu'à ce maudit nuage qui ne voulait rien savoir ni comprendre. Il raconte aussi comment il est passé à travers les racines et a dû rejoindre le village à dos de coccinelle.

Miro sourit. Il doit l'aimer sa princesse pour être capable d'en supporter autant.

— Où est Sélénia ? demande Arthur, toujours préoccupé.

— Elle était déçue de ne pas te voir, au pied du rayon, lui confie Miro.

Arthur fond instantanément. Lui qui pensait que sa princesse l'avait oublié.

Miro lui raconte alors que la jeune fille s'était levée très tôt le matin, pour mieux se préparer. Elle s'était d'abord frottée au bâton de vanille, histoire de sentir bon, puis elle avait mis ses beaux habits tout neufs, dont un superbe gilet en pétale de rose qu'elle avait cousu elle-même. Un petit déjeuner léger, à base de purée de framboises, une bonne grosse tranche de noisette et elle était partie prendre son cours de chant. Une princesse se devait de bien tenir sa voix. Sélénia aimait les bons mots. Pas question de les laisser s'échapper de sa belle bouche royale sans un contrôle rigoureux. Il lui fallait donc posséder sa voix, pouvoir la moduler à sa guise, afin de teinter les mots de mille et une nuances. Dire « Je t'aime », par exemple, était la chose la plus facile à faire. Cela en devenait même presque vulgaire. L'émotion, la vraie, passait par la manière, le timbre, le velouté, le soyeux. Et comme Sélénia avait bien l'intention de lui dire ces quelques mots, elle exigeait que sa voix ne la trahisse pas.

Elle avait donc passé la matinée en haut du petit chêne, là où le rossignol a fait son nid. L'oiseau était connu pour être le meilleur professeur de chant de toute la Septième Terre. Bon professeur, mais sale caractère. L'animal ne tenait pas en place, sautant en permanence d'une branche à l'autre. Sélénia avait mis un temps fou à le convaincre de lui donner une leçon. Elle avait même dû lui indiquer une adresse, jusqu'ici connue d'elle seule, où l'oiseau pourrait trouver des vers élevés dans la pomme. Le rossignol avait accepté le marché et donné à Sélénia une belle leçon de chant.

De retour au village, elle avait dû se faire une tisane à la fleur de violette, tellement ses cordes vocales lui faisaient mal. Mais la violette apaisa très vite la douleur et finit même par l'assoupir. L'après-midi fut entièrement consacré à son cours de gym. Si elle ne voulait pas que sa voix trahisse ses mots, elle n'avait aucune envie non plus que ses gestes trahissent ses pensées. Il s'agissait donc de bien contrôler ses membres. Et pour cela, rien de tel qu'un bon cours de gym.

Gambetto n'était pas véritablement un professeur de gym, mais plutôt un danseur professionnel. « Monsieur Gambetto ! » précisait-il à ses élèves, étant très à cheval sur les convenances. Monsieur Gambetto était un scarbaterus-philanthropis. Cousin éloigné de la mante religieuse (même s'il jurait n'avoir aucun lien de parenté avec elle), il était plus petit et avait la faculté de se plier dans absolument tous les sens. À rendre jaloux l'homme-caoutchouc qui, pour quelques pièces, réussissait à entrer en se contorsionnant dans un carton à chaussures. Mais monsieur Gambetto ne travaillait ni pour le cirque ni pour l'argent… mais pour l'art ! Sélénia prenait rarement des cours avec lui. D'abord parce qu'elle était généralement très occupée avec les affaires courantes du royaume, ensuite parce que ces exercices étaient particulièrement éprouvants. Mais la princesse se voulait parfaite pour recevoir son prince et elle se plia (c'est le cas de le dire) à toutes les demandes, proches du caprice, de son professeur. La petite princesse termina son cours dans un état comateux. Elle n'était plus qu'une seule et grande douleur. Elle qui voulait contrôler ses gestes, elle ne contrôlait plus rien, même pas ses pieds qu'elle avait du mal à mettre l'un devant l'autre pour rejoindre sa hutte. Elle s'écroula sur son lit et s'endormit jusqu'au soir.

— Je suis passé la voir, après la fermeture des fleurs, elle dormait encore ! précise Miro, avant de reprendre son récit.

Il lui avait amené un plateau pour son dîner. Une salade d'érable, quelques pignons bien grillés. Mais la princesse n'avait rien touché. L'heure du rayon était encore loin et Miro avait décidé de la laisser dormir encore un peu. Cela ne pourrait pas lui faire de mal et, au moins, ça l'empêcherait de tourner en rond en attendant l'heure fatidique. Sélénia s'était réveillée toute seule, naturellement. Ses douleurs avaient disparu, comme le lui avait prédit monsieur Gambetto, décidément très fort. Elle essaya quelques arabesques, deux ou trois gracieux mouvements de bras, et sembla très satisfaite. La princesse traversa tout le village en chantonnant, tellement elle semblait heureuse à l'idée de revoir son prince. Miro avait bien fait de ne pas la réveiller car maintenant elle n'avait plus qu'une heure à attendre.

Elle arriva la première dans la salle du passage et ne prit même pas la peine de réveiller le passeur, recroquevillé dans son cocon comme à son habitude. Elle s'assit à même le sol, les bras enroulés autour de ses jambes et afficha un joli sourire sur son visage.

Qu'il était bon d'attendre ainsi l'être aimé. Comme si le corps et l'âme devaient se vider, faire peau neuve, pour accueillir cette vague qui allait déferler en elle. Une vague d'amour et de fraîcheur. Arthur aurait, à tous les coups, le parfum des gens d'en haut. Ce parfum étrange aux saveurs inconnues. Toutes ces odeurs étaient, pour elle, synonymes d'aventures. Elle imaginait Arthur arpentant ce monde démesurément grand. Une ou deux enjambées lui suffisaient probablement pour traverser la Septième Terre, quand Sélénia mettait deux jours à bonne allure.

Mais ce n'était pas Arthur-le-grand qu'elle attendait, mais bien son petit prince. Ses taches de rousseur et sa mèche rebelle lui avaient tellement manqué. Dix lunes qu'elle s'imaginait, tous les soirs, en train de lui caresser son doux visage. Elle aurait donné tous les trésors du monde pour pouvoir s'endormir la nuit, sa main nouée à la sienne. Elle avait patienté, comme le lui avait appris son père, comme le commandait le grand livre. Mais maintenant elle n'en pouvait plus et comptait les secondes. Elle trouvait d'ailleurs insupportable tout cet espace qu'il y a entre chaque seconde et qui ne sert strictement à rien, sauf à retarder l'arrivée du bien-aimé.

Miro l'avait rejointe et s'était étonné qu'elle soit déjà arrivée. Puis, à la réflexion, il trouva ça plutôt logique puisqu'elle passait ses journées à parler d'Arthur. C'était dur pour elle, il faut l'avouer, de gouverner toute seule ce grand royaume. Elle aurait aimé avoir son prince à ses côtés pour la guider, la conseiller, partager les grandes décisions qui engageaient le futur de son peuple. Comme, par exemple, celle de délocaliser tous les habitants de la racine nord, qui risquait à tout moment de s'écrouler et d'engager la reconstruction des maisons ainsi abandonnées. C'était un problème majeur au village et l'on se disputait quotidiennement sur l'emplacement choisi pour la reconstruction. Certains ne voulaient pas de l'est, trop humide en hiver, d'autres ne supportaient pas le sud, beaucoup trop chaud en été.

Mais il y avait d'autres décisions que la princesse aurait aimé partager avec son prince, comme la date de la récolte des groseilles. Ce problème épineux était au centre de tous les drames étant donné qu'aucun des Minimoys n'était d'accord sur la date. C'était un problème insoluble puisque chacun avait un goût différent et, chaque jour passé, la groseille avait, elle aussi, un goût différent. Tous les ans, c'est le roi qui finissait par trancher en choisissant, les yeux fermés, une date au hasard sur le calendrier séléniel. Mais c'était la dernière fois, à la prochaine récolte, ce serait Sélénia qui prendrait la décision.

Miro réveilla le passeur qui râla, comme à son habitude. Le vieil homme fit tourner les trois bagues de l'énorme lentille, en prenant soin de ne pas y coincer sa barbe. La première pour le corps, la deuxième pour l'esprit et la dernière pour l'âme.

Sélénia essayait en vain de contenir son excitation, mais elle bouillait sur son caillou, comme une casserole. Encore quelques minutes et son prince charmant allait traverser toutes les dimensions pour la rejoindre et être de sa taille. Quel homme au monde était capable d'un tel effort, de se réduire ainsi pour plaire à sa belle ? Sélénia se sentait honorée et tellement chanceuse d'avoir croisé ce petit bonhomme sur sa route qu'elle remerciait, tous les soirs, la déesse de la forêt pour sa divine attention. Mais les minutes passèrent et Arthur ne vint pas. Elle avait tout d'abord pensé aux caprices du temps : le ciel était peut-être chargé de nuages qui empêchaient la lune de venir éclairer la lunette. Pourtant elle avait pris soin d'aller voir la « vache qui pisse ».

— C'est le surnom qu'on donne à la grenouille qui vit au sud de la rivière, précise Miro, devant l'étonnement d'Arthur.

La grenouille devait son surnom à une journée catastrophique où elle s'était assoupie dans l'eau tiède et avait attrapé un mauvais rhume. Elle fut donc, pendant quelque temps, incapable de sentir quoi que ce soit. Malheureusement pour elle, c'est précisément ce jour-là que le roi vint la voir pour quelques précisions météorologiques. Il devait décider justement de la date de la récolte des groseilles et il aurait voulu, afin de prendre la décision la plus juste, avoir un aperçu du temps pour les quelques jours à venir. Incapable de prédire quoi que ce soit à cause de son nez bouché, la grenouille avait lancé :

— Il fera beau demain et le temps sera sec comme une peau de serpent !

Étant complètement imbibée d'eau, elle ne supportait probablement plus l'humidité et avait vraiment besoin d'un bon coup de soleil. Elle avait donc confondu son bulletin météo avec son ordonnance. À l'annonce de cette nouvelle, le roi avait bien évidemment décidé d'avancer la cueillette qui devait avoir lieu le lendemain à l'aube. Évidemment, le lendemain, il s'était mis à pleuvoir comme jamais. Les gouttes étaient si grosses qu'on aurait dit des vaches. C'est pourquoi la grenouille fut affublée d'un tel surnom. On déclara la journée « catastrophe naturelle » et la récolte fut reportée à une date ultérieure dans une confusion des plus totales.

Avec le temps, cette péripétie fut vite oubliée. On préférait maintenant en rire, et l'histoire était régulièrement répétée au cours des grands banquets. Le roi pardonna à la grenouille, mais elle conserva son surnom et l'histoire fut inscrite dans le grand livre au chapitre de : « La vache qui pisse ».

Arthur ne peut s'empêcher de rire au récit de cette incroyable histoire.

— Mais… Sélénia ? Qu'a-t-elle fait ensuite ? demande Arthur qui revient à ses moutons, même si c'est un peu indélicat d'utiliser une telle expression pour parler d'une princesse.

— Sélénia était très triste, confirme Miro.

La jeune fille avait effectivement attendu et attendu encore. La grenouille, le nez totalement dégagé ce jour-là, lui avait assuré que le temps serait clair et dégagé, même si elle ne pouvait garantir qu'aucun petit nuage ne serait présent, car il est vrai que les jeunes nuages adorent venir chahuter dans les vents d'altitude quand leurs parents sont trop occupés à faire des cumulus ailleurs. Un grand ciel vide et bleu était un terrain de jeu idéal pour les enfants qui pouvaient s'amuser à prendre des formes plus rigolotes les unes que les autres.

Mais Sélénia ne croyait pas à tout cela.

— Les enfants-nuages ne jouent pas la nuit, parce que personne ne les voit faire leurs bêtises ! avait-elle répondu. À quoi bon faire des âneries si personne ne s'en rend compte ? Elle voyait une autre explication beaucoup plus logique et malheureusement bien plus simple : Arthur l'avait oubliée. Rien qu'en pensant à cette phrase, tout lui paraissait plus évident. Comment avait-elle pu croire que, du haut de ses deux millimètres, elle allait laisser une empreinte ? Elle s'était menti depuis le début. Elle n'était qu'une petite fille orgueilleuse qui croyait que le monde tournait autour d'elle. Une midinette au cœur tendre, tombée amoureuse du premier aventurier venu. La peine et la souffrance commençaient à agir et détruisaient peu à peu le beau portrait qu'elle s'était fait de son prince.

— D'abord il n'est pas si grand que ça ! Lui aussi ne mesure que deux millimètres ! Et puis c'est quoi, toutes ces taches de rousseur sur son visage ? On dirait qu'il a roulé sans pare-brise ! lançait-elle à qui voulait bien l'entendre.

C'était sa façon à elle de noyer son chagrin, mais elle comprit très vite que cela ne servait à rien et, sur les conseils de Miro, elle se calma et pria la déesse qu'il ne soit rien arrivé de grave à son bien-aimé.

Deux larmes coulent sur les joues d'Arthur sans même qu'il s'en aperçoive. Il est totalement sidéré par cette histoire. Lui qui imaginait exactement l'inverse : un petit garçon amoureux d'une princesse qui s'en fout copieusement. Il était loin de la vérité.

— Mais… où est-elle maintenant ? demande Arthur timidement.

— Elle est partie cueillir des sélénielles, lui répond Miro.

— En pleine nuit ? s'inquiète le garçon.

Le roi lui explique alors les particularités de la fleur de sélénielle, surtout quand elle est cueillie un soir de pleine lune. La sélénielle n'aime pas trop la journée et le soleil qui vient lui abîmer la peau et, dès onze heures du matin, elle se referme. Pas question non plus de partager son parfum avec ces inconnus qui sillonnent les airs toute la journée, tous ces malpolis qui la décoiffent en passant à tire-d'aile. On l'aura compris, la sélénielle est une fleur fragile et elle réserve ses senteurs aux rares noctambules. Mais les soirs de pleine lune sont particuliers. C'est le moment qu'elles choisissent pour se reproduire. Elles mettent le meilleur d'elles-mêmes dans de minuscules particules d'une blancheur incroyable et les laissent flotter au gré des rayons de lune. Une brise légère est toujours la bienvenue car elle facilite les échanges. Les sélénielles mâles, pétales ouverts, n'ont plus qu'à attendre que la nature fasse son travail.

Sélénia adore venir s'allonger dans l'herbe les soirs de pleine lune et voir ce magnifique ballet, ces millions de flocons brillant sous la lune, qui dansent dans la bise, racontant ainsi, pendant des heures, la grande histoire de la vie. Mais ce soir-là était particulier et c'est sa tristesse que Sélénia était venue confier à la bise, toujours prête à colporter les complaintes.

— Ne t'inquiète pas ! dit le roi à Arthur. Elle ne va pas tarder à rentrer et, dès qu'elle te verra, tout rentrera dans l'ordre, lui promet le souverain.

Arthur lâche un petit sourire. Il serait évidemment ravi que tout se termine aussi bien, mais quelque chose continue de le tracasser. Si Sélénia est en bonne santé, qui diable a pu écrire un tel message sur le grain de riz ?

Les guerriers bogo-matassalaïs ont fait un feu près du grand chêne, bien décidés à veiller jusqu'au retour du jeune Arthur. Même si la recette des « racines-qui-réduisent » est ancestrale et a montré son efficacité depuis des siècles, le chef a toujours un petit pincement au cœur au moment de l'utiliser. Sûrement à cause de cette histoire terrible que lui a racontée maintes fois son arrière-grand-père, à l'époque où il pouvait encore profiter du soleil.

Cette histoire s'était passée dans les années mille huit cent. L'Afrique était à l'époque le plus beau continent du monde. Son sol regorgeait de richesses et pas encore des poubelles de l'Occident. On vivait sans se soucier du lendemain. On se levait et traversait la savane juste pour le plaisir d'aller dormir à l'autre bout.

À chaque grande lune, le chef des Bogo-Matassalaïs, qui s'appelait à l'époque Cheevas, faisait passer quelques guerriers à travers le rayon, histoire de rendre visite aux Minimoys, leurs frères de sang, et d'entretenir ainsi les liens familiaux qui unissaient ces deux peuples. Malheureusement Cheevas abusait souvent de la liqueur de palmier et il avait de plus en plus de mal à trouver le chemin du grand baobab où se tenait régulièrement le rituel du passage. Un soir, il avait tellement bu qu'il finit par se perdre et les guerriers mirent plus d'une heure à le retrouver, assoupi dans un cactus, à quelques mètres au-dessus de trois coyotes patiemment installés, tels des renards qui attendraient leur fromage. Les guerriers avaient chassé les charognards à l'aide de quelques pierres et tiré leur chef du sommeil.

— Cheevas ! ? Le rayon est fermé et les Minimoys nous attendent ! ! s'était plaint l'un des guerriers.

— Pas de problème, on passera par les racines ! avait répondu le chef qui dessoûlait aussi lentement qu'un ver au galop.

Revenu sous le baobab, on ligota trois guerriers qui, une fois rétrécis, furent glissés au fond du bambou. C'est là que le drame arriva. Cheevas sortit la seconde fiole et, malheureusement, prit la mauvaise. Cette dernière était pleine de liqueur de cactus, un truc à vous brûler la gorge à tout jamais. Notre alcool de prunes ferait office de jus d'orange à côté de cette liqueur du diable. On disait même qu'on pouvait se noircir les yeux rien qu'en regardant l'étiquette. Cheevas versa le liquide dans le bambou. Pas quelques gouttes, comme l'indique le grand livre, mais la moitié de la bouteille, à cause de son hoquet qu'il ne parvenait pas à maîtriser. Le bambou s'était mis à trembler dans tous les sens, à fumer par tous les pores, avant de geler sur place, comme un bâton qui aurait perdu son esquimau.

On resta sans nouvelles de ces trois Bogos pendant plusieurs mois. Les guerriers du village étaient fort tristes et Cheevas jura qu'il ne boirait plus jamais une goutte de cette liqueur et que, d'ailleurs, il ne la fabriquerait plus.

Il tint parole quelque temps, mais la légende veut que ses descendants, quelques années plus tard, s'installèrent en Europe, en Écosse exactement, où ils reprirent la fabrication de cette fameuse liqueur. En hommage à leur illustre ancêtre, ils lui donnèrent son nom.

Quant aux trois guerriers disparus, on retrouva un jour leur trace. Ils avaient erré dans le désert quelque temps, puis s'étaient finalement remis de leur cuite. Ils avaient monté un petit business : un élevage de scorpions. En effet, grâce à cette mauvaise expérience, ils étaient devenus complètement insensibles à tout venin.

Même si cette histoire s'était somme toute bien finie, elle restait un exemple à ne pas suivre qui avait marqué les esprits de ce peuple de fiers guerriers.

15

Le chef actuel, surnommé Pelle-Grino, n'est pas de ce genre-là et sa sobriété est exemplaire. Pas question, pour lui, de se tromper de fiole. Mais ce soir-là, Pelle-Grino est inquiet et il a déjà vérifié une bonne dizaine de fois s'il a bien utilisé la bonne bouteille.

— Ne vous inquiétez pas, chef. Tout va bien se passer. Arthur a suivi nos rites tout l'été. Il fait partie des nôtres maintenant, lui dit calmement l'un des guerriers, dont le visage est rougi par la chaleur du feu de camp.

— Je te remercie pour tes paroles apaisantes, lui répond Grino, avant de se décontracter un peu et d'entamer une nouvelle prière.

Effectivement, Arthur avait passé l'été à apprendre les rites et coutumes de cet incroyable peuple et il possédait maintenant toute la connaissance nécessaire pour faire partie du clan. Il avait aussi subi un entraînement physique des plus intenses et l'on ne comptait plus les soirs où il était monté se coucher sans manger, brisé de fatigue.

Les exercices qu'on lui imposait étaient des plus variés et ne correspondaient pas vraiment à ce qu'on lui faisait faire à l'école, en cours d'éducation physique. Il s'agissait ici de se rapprocher de la nature, de l'animal et de retrouver sa place dans la grande boucle de la vie. L'homme n'avait eu de cesse, depuis quatre mille ans, d'essayer de sortir de cette fameuse boucle. Il voulait absolument maîtriser tout et tout le monde, et surtout pas qu'on lui dise qu'il descendait du singe. C'était évidemment une grande erreur, affirmaient les Bogo-Matassalaïs. L'homme descend autant de l'arbre que du singe. Le baobab est son cousin, la fourmi sa cousine. D'ailleurs, le rapprochement avec les fourmis fut le premier exercice qu'on fit faire à Arthur.

Dès l'aube, il s'était allongé presque nu dans l'herbe, au beau milieu d'un chemin généralement emprunté par les fourmis. Il portait uniquement autour de la taille un petit bout de tissu que le chef matassalaï lui avait confectionné dans un morceau de cuir provenant du célèbre Zabo le zébu. Arthur devait rester sans bouger et attendre que les premières travailleuses arrivent. Évidemment cet obstacle de taille avait semé la panique dans la colonie et il y eut une réunion extraordinaire pour déterminer sur-le-champ s'il fallait contourner l'obstacle ou prendre le risque de le traverser.

Faire le tour était fort long et l'on prenait le risque de se perdre. Traverser était donc la solution, même si elle paraissait dangereuse. D'autant plus que les premières fourmis éclaireuses avaient ramené une information essentielle : le corps était vivant.

Que faisait donc cet humain, presque nu comme un ver, allongé dans la nature, à six heures du matin ? Le général en charge de la colonne n'avait pas le temps de répondre à cette question et il déclencha la traversée de cette terre étrangère. La colonne de fourmis grimpa alors sur le pied d'Arthur, remonta le long de sa jambe, passa à côté du nombril puis longea son bras gauche jusqu'à la main qui rejoignait précisément le chemin initial des fourmis.

Arthur dut rester comme ça pendant toute la journée, à servir de pont aérien à près de cent mille fourmis. Le plus dur était de ne pas rire, car toutes ces petites bêtes le chatouillaient en permanence. Arthur fit cet exercice quatre jours de suite, aux quatre coins du jardin. C'est ainsi que naquit cette amitié entre Arthur et les fourmis, qu'il pouvait maintenant appeler ses cousines.

Il y avait un autre exercice qu'Arthur avait tout

particulièrement apprécié. Il avait dû se mettre presque tout nu à nouveau et prendre le gros chêne dans ses bras. Il devait rester ainsi toute la journée, jusqu'à ce qu'un oiseau le confonde avec une branche de l'arbre et se pose sur lui. Les premières heures, Arthur s'était copieusement embêté et se sentait plutôt comme une mouche plaquée sur un carreau que comme une branche qui sort d'un chêne. Mais bientôt, il commença à écouter tous ces petits bruits qui venaient de l'arbre. Le bruit de la sève qui monte, des nervures qui poussent et qui s'étirent, de toutes ces feuilles qui hurlent au vent de leur envoyer plus de lumière. Il parvint même à sentir l'énergie solaire qui descendait dans l'arbre, comme du sable dans un sablier.

Après quelques heures, il l'entendait rire, il l'entendait respirer et bientôt Arthur ferma les yeux et se mit à respirer au même rythme que l'arbre. Vers dix-huit heures, un magnifique rouge-gorge vint se poser sur son épaule et se mit à chanter, annonçant ainsi la réussite de l'exercice. Arthur était en parfaite osmose avec son cousin le chêne.

Tous ces exercices étaient somme toute agréables et l'enfant était de plus en plus excité d'avoir à subir tous les matins une nouvelle épreuve. Ça lui posait par contre des problèmes à la maison où tout lui paraissait subitement sans charme et sans saveur. Il n'y avait guère qu'Archibald pour partager son enthousiasme puisque le grand-père avait lui aussi subi cet apprentissage, trente ans auparavant, en Afrique. Il souriait souvent en écoutant Arthur lui raconter en cachette ses aventures de la journée.

— Attends la dernière épreuve, tu vas voir, tu riras moins ! l'avait prévenu Archibald.

C'est donc avec une certaine appréhension qu'Arthur avait rejoint la tente des guerriers matassalaïs, à l'aube du dernier jour. Il s'agissait de résumer en une heure tout ce qu'il avait appris pendant des semaines. Il devait parcourir un chemin bien précis le plus vite possible et prouver tout au long du parcours qu'il s'était totalement intégré à la nature.

— Tu dois ramper comme le ver, grimper comme le singe, courir comme le lièvre, nager comme le poisson et voler comme l'oiseau, lui avait déclaré Pelle-Grino au départ de l'épreuve.

Le parcours du combattant longeait la rivière qui serpentait en lisière de forêt, jusqu'aux tentes des guerriers.

— Je vais jeter cette noix dans le ruisseau, tu dois la rattraper avant qu'elle ne tombe dans la cascade, lui avait précisé le chef.

À vue de nez, il y avait deux kilomètres à franchir à travers toutes sortes de terrains. Arthur, en comprenant ce qui l'attendait, commença instinctivement à se ventiler les poumons. Le chef bogo lâcha la noix dans la rivière et Arthur partit en courant à toute vitesse. La première partie était facile. Il fallait juste bien lever les genoux pour ne pas être ralenti par les hautes herbes. Arthur arriva rapidement à une étendue de roseaux. Il plongea littéralement dedans et se mit à ramper comme un crapaud. En quelques secondes, il était couvert de boue et voyait à peine sa route. Il n'y avait guère que le soleil pour lui indiquer la direction à suivre. Quelques grenouilles, prévenues de l'épreuve, s'étaient mises au bord du chemin et encourageaient Arthur, qui traversa les roseaux et reprit sa course jusqu'au pied de l'énorme rocher infranchissable. Heureusement deux écureuils, tout excités par l'événement, lui indiquèrent l'arbre dont la dernière branche l'emmènerait directement au sommet du rocher. Arthur se jeta sur l'arbre, comme un petit singe qui aurait des ventouses aux pieds. Les deux écureuils ouvraient la route et montraient à l'enfant le chemin à suivre à travers les branches. Les deux rongeurs étaient fort sympathiques, mais c'étaient de véritables pipelettes et ils firent des commentaires pendant toute l'ascension, à tel point que plusieurs fois Arthur fut déconcentré et faillit tomber.

— Merci quand même ! lança-t-il en arrivant sur la dernière branche.

Arthur bondit alors comme un tigre sur le rocher qui descendait doucement vers la forêt. Il commençait à être fatigué et il pompait tout l'air frais qu'il pouvait trouver autour de lui. L'enfant arriva au bord de l'étang et plongea aussitôt, sans même prendre le temps de réfléchir. Le froid le saisit un peu, mais il était plutôt le bienvenu car son corps était déjà bouillant. Le problème dans l'eau, c'est de réussir à trouver sa route, puisqu'il n'y a pas de point de repère. Mais Arthur n'avait pas à s'en soucier. Des centaines de poissons s'étaient alignés de part et d'autre du chemin à suivre, comme au bord du Tour de France. Arthur n'avait plus qu'à se laisser guider et encourager par les milliers de bulles de soutien que lui lâchaient ses admirateurs.

Arthur sortit de l'eau aussi en vrac qu'un torchon qui sort de la machine à laver, mais il n'avait plus le temps de s'apitoyer sur son sort car la noix descendait inexorablement vers la cascade. Le garçon se remit donc à courir à travers les jeunes bouleaux. Il arriva rapidement au pied de la falaise et fut bien obligé de s'arrêter. En contrebas, il voyait les quelques tentes des guerriers, dressées autour du grand chêne, puis la rivière qui serpentait. Arthur avait appris, grâce à l'épervier, à affûter sa vue et il pouvait clairement voir la noix qui roulait sur les flots et qui se dirigeait de plus en plus vite vers la chute. L'épervier était d'ailleurs là, face à lui, tournoyant dans les airs depuis des heures en attendant son ami. Son ami qui allait maintenant devoir prouver qu'il était aussi son cousin. Le rapace déploya ses ailes et indiqua clairement à Arthur l'endroit où il pourrait trouver un courant ascendant, ce qui lui permettrait de rester quelques secondes supplémentaires dans les airs et d'allonger ainsi son vol jusqu'à la rivière. L'enfant capta le message et remercia l'épervier d'un bref signe de tête.

Il prit une grande inspiration, ouvrit ses bras au maximum, comme le lui avait appris le rapace, et s'élança de la falaise dans le vide. Pendant la première seconde, Arthur ne respira pas, trop impressionné par la hauteur. Puis, très vite, il sentit l'air sous lui et modifia la position de ses mains pour se diriger vers le courant montant que lui avait indiqué l'oiseau. Le garçon sentit immédiatement le courant d'air plus chaud qui grimpait le long de la falaise et il se mit dedans pour allonger son vol. C'était la seule façon de rejoindre la rivière, bien trop éloignée de la falaise pour qu'il puisse y plonger directement. L'enfant se décontracta un peu, ce qui lui permit d'étendre encore un peu plus ses bras. Il suivait du regard l'épervier qui lui ouvrait la route et, à sa grande surprise, il put constater qu'il volait comme un oiseau. Arthur avait à peine eu le temps d'en sourire qu'il percuta la surface de la rivière.

Cette petite seconde de plaisir à se regarder voler lui coûta cher. Il avait fait un formidable plat, comme un oiseau qui se prend une baie vitrée. L'épervier, lui, avait eu le réflexe de redresser sa trajectoire au ras de l'eau et il était remonté aussitôt dans les airs.

« C'est plus facile quand on a des ailes ! » pensa Arthur en se tenant le ventre, rougi par l'impact.

Mais la noix approchait maintenant dangereusement de la cascade et Arthur n'eut pas le temps de se lamenter. Il regagna la rive, aussi à l'aise qu'un chat qui sort de l'eau et se mit à courir le long de la rivière. Sa course n'avait plus rien à voir avec celle du début. Fini le lièvre. Bonjour la tortue. Mais il arriva finalement au bord de la cascade en même temps que la noix. Arthur se jeta sur le sol, tendit le bras et attrapa le fruit du bout des doigts.

Un profond soupir de soulagement sortit de son petit corps meurtri. Un soupir animal. Puis il se coucha dans l'herbe qu'il trouva d'un seul coup plus confortable que son lit. Arthur avait réussi. Non seulement à récupérer la noix, mais aussi son intégration.

— Sa réintégration, avait précisé le chef matassalaï en lui remettant l'insigne de l'ordre du Mérite des guerriers matassalaïs.

Il s'agissait d'un petit coquillage, percé afin de laisser passer une fine liane pour pouvoir le mettre autour du cou. Arthur faisait maintenant partie du clan. Il était de nouveau dans le grand cercle de la nature.

Le soir même, à table, il dormait littéralement debout, rompu de fatigue.

— Tu ne manges rien ? lui avait demandé sa mère, toujours inquiète quand une assiette était vide.

— Si… ça ! avait-il répondu, en montrant sa noix.

Il la brisa avec son pouce, ce qui impressionna son père.

— Tu ne peux pas manger que ça ! avait déclaré Armand. Ça ne nourrit pas son homme, une noix !

— Celle-là, si !

— Pourquoi celle-là en particulier ? avait bêtement demandé le père.

Difficile pour lui d'imaginer une différence, il n'en faisait aucune entre la noix, l'amande, l'olive, les chips et les apéricubes. Toutes ces babioles ne faisaient partie que des amuse-bouches qu'on servait pendant l'apéritif. Son fils, lui, faisait bien la différence.

— Parce que celle-là, précisément… je la mérite ! avait répondu son fils, avant de prendre son temps pour la manger.

Archibald se racla la gorge pour attirer l'attention de son petit-fils puis le vieil homme ouvrit doucement le haut de sa chemise et montra discrètement à Arthur le coquillage qu'il avait lui aussi autour du cou. Ils échangèrent un sourire complice. Archibald était tellement fier qu'Arthur ait également réussi son épreuve qu'il ne put s'empêcher de verser une larme.

Le grand chef prend un bâton et remue un peu les braises. Tous ces souvenirs le font sourire. Arthur s'était vraiment bien débrouillé et avait mérité largement sa place dans le clan. Il faut donc maintenant lui faire confiance.

Un guerrier se penche sur le feu et regarde le pot qui chauffe sur les braises.

— Qui veut encore un petit verre de marguerite ? lance le guerrier en souriant.

Le groupe se met à ricaner, en souvenir du fou rire qu'ils avaient eu le matin même, quand Arthur était encore parmi eux.

Mais tout à coup, le groupe entier sursaute en voyant apparaître Marguerite, comme un fantôme sorti tout droit du pot de fer pour se venger.

— Eh bien, dites donc ?! Vous êtes bien émotifs pour des grands guerriers ! balance la grand-mère, bien en vie et surtout bien réveillée.

— Excusez-nous, Marguerite, mais... on parlait justement de vous ! balbutie le chef.

Mais la grand-mère n'a pas le temps d'écouter ces histoires.

— Il s'est passé un drame, Archibald a besoin de vous ! se contente-t-elle de dire en repartant déjà vers la maison.

16

Les guerriers s'essuient les pieds pendant au moins cinq minutes sur le paillasson, ce qui agace profondément Marguerite.

— C'est bon pour cette fois ! Je nettoierai plus tard ! lance la grand-mère, visiblement trop inquiète pour songer à son parquet.

Les guerriers, comme à leur habitude, rentrent timidement dans le salon. Il faut dire qu'ils ne se sentent pas vraiment à l'aise dans ces pièces aux angles droits et aux plafonds très bas et, s'ils marchent un peu courbés en avant, ce n'est pas en signe de soumission, mais tout simplement pour que leurs deux mètres quarante ne décrochent pas les lustres.

Armand, ou ce qu'il en reste, est vautré dans le canapé, un énorme bandage autour du front. Son visage est non seulement couvert de boursouflures provoquées par l'insecticide mais maintenant il est tout joufflu à cause des hématomes dus au pare-brise qu'il s'est pris dans la figure. Autant dire qu'il est complètement « bourjoufflu ». Mais il ne s'était pas plaint de la résistance de son pare-brise.

— Il m'a coûté assez cher comme ça ! avait-il dit à sa femme en quittant la voiture.

Mais vu le nombre d'hématomes qu'il a sur le visage, ça va lui coûter plus cher en tubes de crème qu'en pare-brise.

Sa femme s'est allongée dans le fauteuil et est tellement fatiguée qu'elle semble prête à s'endormir. Elle ne serait pas si fatiguée si elle avait tout simplement suivi la route, celle qu'Arthur et Alfred avaient empruntée en courant, mais son mari avait tenu absolument à prendre un raccourci. Confondant souvent le nord et le sud, il avait donc coupé par les marais plutôt que par la plaine. Ce qui explique les plaques de boue séchée que la mère a sur les jambes et qui lui montent jusqu'aux cuisses. Sa robe est déchirée d'un peu partout car, après le marais, ce n'est pas le verger qu'ils avaient traversé, mais un champ de ronces. Sa robe à fleurs est donc maintenant pleine de taches de mûres puisqu'elle en avait, involontairement, cueilli des centaines.

C'est parce que les deux touristes ont couvert le salon de boue en tout genre que Marguerite n'a pas insisté pour le paillasson.

— Ils ont eu un problème ! annonce Archibald, comme s'il y avait besoin de le préciser.

Le père ressemble à un bâton de réglisse avec une boule de vanille sur la tête et la mère à un bouquet desséché, plongé dans la friture. Pas de doute, ils avaient eu un vrai problème.

— Ils ont eu un accident de voiture ! Ils sont rentrés dans un animal ! explique Archibald.

Un frisson parcourt le groupe de guerriers à l'annonce de cette terrible nouvelle.

— L'animal est blessé ? demande aussitôt le chef, uniquement préoccupé de ce qui lui paraît essentiel.

— Non ! l'animal va bien ! Merci de vous inquiéter pour lui ! lance le père, franchement vexé.

— Quel genre d'animal ? insiste le Matassalaï.

— Je ne sais pas, moi ! Un éléphant ou un hippopotame, un truc comme ça ! Qui sait, avec tous ces animaux que vous nous avez ramenés d'Afrique ! s'énerve le père, dont la tête a dû être plus ébranlée qu'il n'y paraît par le choc, étant donné qu'il confond un bouc et un hippopotame.

— Votre voiture doit être dans un sale état, alors ? demande Pelle-Grino, histoire de montrer un peu d'intérêt.

— Elle est pas dans un sale état, elle est ruinée ! pulvérisée !! Bonne pour la casse !! hurle-t-il jusqu'à réveiller sa femme.

— Ne t'énerve pas, chéri ! C'est pas grave ! On… on en achètera une autre, avec l'argent de l'assurance, dit-elle avec bon sens.

— On est assurés au tiers, triple andouille ! À qui je demande de signer le constat ?! À l'éléphant ou à l'hippopotame ?! s'exclame-t-il rageusement, dans un nuage de postillons.

Sa femme cherche alors les mots qui calment.

— Euh… je crois que c'était un bouc, chéri, dit-elle, d'une petite voix.

Elle aurait mieux fait de se taire, car le visage de son mari change de couleur à vue d'œil, comme un caméléon qui passerait sur un drapeau noir.

— Ah ?! oui, pardon ! Un bouc ! Effectivement, ça change tout car, comme chacun le sait, le bouc est très bon en orthographe et n'a pas besoin de lunettes pour signer un constat puisque sa vue est excellente !! hurle-t-il à sa femme en pensant faire de l'humour.

— Calme-toi, Armand, intervient le grand-père. Le principal c'est quand même que vous soyez sains et saufs et que le bouc n'ait rien !

Le père regarde tour à tour Archibald, puis sa femme, puis Marguerite, puis les Bogo-Matassalaïs, puis Alfred et se demande ce qu'il a fait au bon Dieu pour tomber dans une pareille famille de fous. Et comme on ne peut pas discuter normalement avec des fêlés du ciboulot, il décide de se calmer.

— Le plus grave n'est effectivement pas la perte de ma voiture... mais la disparition d'Arthur ! lâche calmement le père.

— Comment ça, disparu ? demande le chef en se redressant, fracassant ainsi le plafond.

Archibald lui fait les gros yeux pour qu'il ne fasse pas de gaffe. Les parents d'Arthur ignorent évidemment que leur fils a rejoint les Minimoys et mesure actuellement deux millimètres.

Pour une fois, Armand a un peu d'instinct. Il sent qu'on lui cache quelque chose.

— Vous n'avez pas l'air vraiment surpris qu'il ait disparu ? demande le père en plissant ses yeux comme un agent de la gestapo. Vous savez où il est ?

— Il était à l'arrière de votre voiture. On l'a vu à la lumière de nos torches, balbutie le Bogo, peu habitué à mentir.

— Oui, ça je sais, merci ! mais quand on est arrivés à la pompe à essence, le gamin s'était transformé en chien ! Vous savez, comme à Las Vegas ! On jette une couverture sur une danseuse et elle se change en panthère ! explique Armand, qui essaie de contenir la colère qui monte en lui. Et d'ailleurs, si vous jetez une couverture sur moi, je suis sûr que je pourrais me transformer en tortionnaire argentin ! hurle-t-il en venant se poster face au grand chef. Je vous le demande pour la dernière fois, où est mon fils ?!

C'est la première fois qu'on voit le père tenir tête à plus fort que lui. L'idée de perdre son enfant lui donne des forces que lui-même ne soupçonnait pas. Il doit vraiment l'aimer son fiston pour faire appel ainsi à ce qu'il a de plus animal en lui.

Le guerrier le regarde d'en haut. Pour une fois, lui aussi a un peu de respect pour ce petit homme. Avec un bon entraînement, il pourrait sûrement en faire quelque chose.

— Je ne sais pas exactement où est votre fils, mais où qu'il soit, nous avons confiance en lui et notre force l'accompagne. Il reviendra sain et sauf, dit le guerrier d'une voix calme et posée.

Le père n'a rien appris de nouveau, mais cette déclaration l'a étrangement calmé. Il faut dire qu'il y a quelque chose de tellement bon dans la voix du guerrier, quelque chose d'authentique, de naturel. Pas étonnant qu'il puisse parler aux arbres avec une voix pareille.

La mère a bien envie de parler de la conversation qu'elle avait eue avec Arthur où il lui avait dit qu'il allait dans le jardin rejoindre les mini-quelque chose. Mais elle a peur que cette déclaration énerve encore un peu plus son mari. Elle décide donc de se taire et de ne pas jeter de l'huile sur le feu, surtout qu'Armand semble un peu éteint.

En effet, le père est tout déboussolé et ne sait plus sur qui râler. Il soupire un grand coup et reste quelques secondes comme ça, inerte, le regard perdu dans le vide.

— Si je perds mon fils, je ne pourrais plus vivre… dit-il avec une sincérité déconcertante.

Une larme coule sur sa joue et il ne cherche même pas à l'effacer. Armand est désarmé et désarmant. Sa femme se met instantanément à pleurer comme une fontaine.

« En voilà deux qui sont mûrs pour prendre le grand chêne dans les bras ! » se dit le chef des Bogo-Matassalaïs, touché par cette émotion inattendue.

Archibald vient s'asseoir à côté d'Armand et lui passe un bras autour des épaules. Il aime bien cet Armand-là, sensible, fragile. Un Armand qui laisse ses sens guider sa pensée plutôt que l'inverse.

— Arthur n'est pas perdu. Il connaît cette campagne comme sa poche. Ça fait des mois qu'il la sillonne d'un bout à l'autre, lui dit gentiment Archibald.

Le père soupire à nouveau, bien que les paroles du vieil homme le réconfortent un peu.

— Je suis souvent dur avec lui, mais c'est parce que la vie est dure dans les grandes villes et il faut qu'il soit très fort pour pouvoir se défendre, avoue le père, sur un ton de confidence.

Archibald est content qu'il puisse enfin aborder le sujet.

— La nature lui apprend tout autant à se défendre, mais aussi à partager. Le vent casse les branches, mais apporte aussi de l'oxygène. La pluie détruit parfois les fleurs, mais les ruisseaux emmènent aussi leurs graines un peu partout, explique Archibald, en bon professeur qu'il est. Arthur apprend à se défendre, mais aussi à aimer et il faut les deux pour avoir un bon équilibre, pour faire un grand petit bonhomme. C'est d'ailleurs son nom, n'est-ce pas ? Bigantol ? ajoute le grand-père avec humour.

Il réussit à décrocher un sourire à Armand.

— Oui, Bigantol, c'est son nom, reprend le père avec fierté. Petit et grand.

Les regards se croisent dans le salon. Tout le monde a un sourire aux lèvres et semble satisfait. Même Alfred remue la queue, ce qui vaut un sourire.

— J'ai confiance en Arthur, précise Armand. Je sais qu'il apprend vite et qu'il peut se sortir de bien des mauvaises situations, mais…

Le père laisse sa phrase en suspens, comme s'il avait peur de dire la suite.

— Mais… quoi ? demande Archibald, un peu inquiet.

— Il est encore… tellement petit ! finit par dire le père.

Le vieil homme aurait bien du mal à le contredire puisqu'il sait que son petit-fils, à cet instant précis, ne mesure que deux millimètres trente-cinq, soit exactement mille fois moins que les Bogo-Matassalaïs qui sont compressés dans le salon.

— Il est effectivement encore très petit, mais... je suis sûr qu'il reviendra de cette aventure, plus grand encore ! conclut Archibald.

17

Comme Arthur a réveillé tout le monde, le village et ses habitants décident exceptionnellement de démarrer la journée un peu plus tôt. Il est effectivement quatre heures du matin, une heure quarante-sept exactement avant le lever officiel du village.

Le réveil était une chose très réglementée puisqu'il était scrupuleusement établi en fonction du lever du soleil. Les horaires étaient affichés sur la porte du palais, sur une feuille de saison. Chacun venait la consulter avant d'aller se coucher et tout le monde se réveillait exactement en même temps, c'est-à-dire vingt minutes avant le premier rayon du soleil. Le temps était donc précieux et les activités soigneusement organisées. On commençait par un brin de toilette, qui prenait environ deux minutes. On se frottait à la vanille ou avec un crin de cheval, puis on se badigeonnait de son parfum préféré à l'aide d'une plume de poussin. S'habiller prenait un peu plus de temps, entre une et dix minutes selon les individus.

Miro, par exemple, était le plus lent puisqu'il mettait près de douze minutes à mettre son costume d'apparat que le protocole l'obligeait à porter. C'est vrai qu'en tant que grand sage du palais il se devait au quotidien de porter des vêtements qui inspiraient le respect. Miro rattrapait le temps perdu en sautant le petit déjeuner. Ce n'est pas très bon pour la santé, mais il n'avait pas vraiment le choix et tandis que tout le monde se gavait en dix minutes, il se contentait de quelques œufs de libellule, gobés à la va-vite. Les cinq minutes restantes permettaient à chacun de se rendre au travail et d'avoir le temps, comme l'indiquait le grand livre, de dire proprement bonjour à tout le monde. C'était le moment le plus curieux à observer. Des centaines de Minimoys sortaient de chez eux et, dans un capharnaüm des plus complets, se demandaient les uns aux autres si la nuit avait été bonne, si les enfants se portaient bien, puis ils se souhaitaient une très bonne journée que la déesse de la forêt ne manquerait pas de protéger. Tout ce petit monde se croisait joyeusement, échangeait de grands sourires en se pliant en deux et jacassait comme de vieilles poules.

Pas grand-chose à voir avec l'ambiance de nos

grandes cités. Chez nous, si vous dites bonjour dans le métro avant sept heures du matin, il y a de fortes chances que les passagers tirent le signal d'alarme.

Mais les Minimoys vivaient dans le bonheur et ils ne semblaient avoir pris de notre société que le meilleur, comme si la terre sous laquelle ils vivaient avait filtré toutes les scories de notre monde et toutes les erreurs que l'histoire nous a laissé le temps de faire.

À l'heure précise du lever du soleil, tous les Minimoys étaient donc au travail. Il faut dire que la majeure partie de leur activité était liée à la nature et que le premier rayon avait son importance. La rosée matinale, par exemple, disparaissait assez rapidement dès que le soleil réchauffait l'air et les plantes. Il s'agissait donc de récupérer au plus vite toutes ces gouttes qui, sur chaque plante, avaient une saveur différente. Les jeunes pousses sortaient elles aussi avec les premiers rayons et certaines devaient être cueillies avant qu'elles ne deviennent trop grandes. Il y avait des milliers de choses à récolter durant ces quelques minutes et il fallait profiter de ce court moment où les animaux de la nuit partaient se coucher et où ceux du jour se réveillaient à peine. Les Minimoys avaient une petite demi-heure pour ramener au village les meilleurs fruits, les meilleurs légumes et de l'eau délicieusement parfumée.

Le reste de la journée était généralement réservé au commerce et à l'échange de ce qu'on avait récolté le matin. Une tranche de cèpe valait trois gouttes d'eau de framboise, un bouton de rose s'échangeait contre dix grammes de pissenlit grattés sur la tige. Tout se marchandait avec bonne humeur et fair-play. On aimait discuter, cela faisait partie du jeu, mais jamais personne ne se chamaillait. Il n'y avait qu'une seule chose qui ne s'échangeait pas : la fleur de sélénielle. Il fallait d'ailleurs faire partie de la famille royale pour avoir le droit de la cueillir. La fleur de sélénielle ne s'échangeait pas, car elle se donnait. Soit en cadeau, pour récompenser un sujet méritant, soit pour soigner un malade.

Cette merveilleuse plante avait tellement de propriétés qu'elle soignait pratiquement tout, ce qui lui conférait son statut de fleur royale. En tisane, elle soignait les mauvaises pensées, en tartine, elle ne donnait que des bonnes idées et, en purée, elle rendait plus forts les bébés. Elle avait aussi plein d'autres propriétés, plus médicales, mais seul Miro les connaissait et il pouvait fabriquer les potions qui soignaient tout, et surtout n'importe quoi.

Arthur est assis face à la porte d'entrée depuis maintenant deux heures. Il se demande si Sélénia va revenir les bras pleins de sélénielles, fraîchement cueillies.

« Peut-être va-t-elle m'en offrir une ? » pense-t-il en souriant.

Mais on n'offre pas une fleur royale comme ça, il faut la mériter.

— Je l'ai méritée ! J'ai traversé toutes les dimensions pour venir jusqu'ici ! se dit-il à lui-même à voix haute.

— À qui parles-tu ? lui demande Miro, qui arrive dans son dos.

Arthur sursaute et s'excuse. Il parlait tout seul pour se tenir compagnie en attendant le retour de Sélénia.

— Elle va venir, ne t'inquiète pas ! lui assure Miro en s'asseyant à côté de lui.

Le silence s'installe un instant, comme s'il était plus difficile pour Arthur de parler à quelqu'un que de jacasser tout seul.

— Elle était comment Sélénia, quand elle était petite ? demande Arthur au bout d'un moment.

— C'était une véritable petite peste ! ironise Miro.

Arthur ne peut s'empêcher de sourire, pas vraiment surpris de cette nouvelle.

— Je me souviens qu'un jour, elle était haute comme trois pépins de pomme, elle entra dans ma hutte sans même frapper et m'annonça, le menton bien relevé, qu'elle allait nous quitter, lui raconte Miro.

Arthur est bluffé, admiratif. Comment une petite fille avait-elle trouvé le courage d'affronter ainsi l'autorité ? Arthur s'imagine mal dans pareille situation. Lui qui a déjà un mal fou à demander à ses parents l'autorisation d'aller à la patinoire rejoindre ses copains. Son père généralement lui refuse tout et, quand Arthur veut vraiment quelque chose, il doit passer pas sa mère qui, à force de courage et de ténacité, arrive toujours à faire plier son mari. Mais c'est une gymnastique épuisante et, au fil du temps, Arthur a simplement pris l'habitude de ne plus rien demander. Mais Sélénia n'est pas faite du même bois.

— Cela me flatte que tu me préviennes ! avait dit Miro à la jeune fille. Mais je pense que c'est surtout à ton père que tu devrais apporter cette nouvelle !

— Je lui ai déjà tout dit ! répondit fièrement la princesse.

Miro retint son sourire pour ne pas la vexer, il la trouvait tellement craquante avec sa petite bouille rebelle.

— Et… que t'a-t-il répondu ?

— Rien ! Il est tombé dans les pommes ! C'est pour ça que je viens te chercher, pour que tu puisses lui donner une potion afin qu'il revienne à lui. Moi, je n'ai plus le temps de m'occuper de ces choses-là puisque je m'en vais !

Le petit sourire de Miro s'était figé d'un seul coup. Il empoigna immédiatement sa trousse de secours et se précipita au chevet de son roi qui, effectivement, gisait aux pieds de son royal fauteuil. Miro lui fit respirer quelques graines de céleri fermenté et le roi revint à lui.

— Ma fille ?! avait-il crié à son réveil, mais Sélénia avait déjà disparu quand Miro revint dans sa hutte.

— Et sa mère ? Elle n'a rien dit ? demande Arthur.

— Ah !... sa mère ! soupire Miro. C'était une femme formidable ! Elle avait simplement demandé à sa fille : « Est-ce que tu m'aimes ? » Sélénia, très étonnée, avait évidemment répondu oui. « Alors va où tu veux, ma fille, car où que tu sois, je serai, puisque je suis dans ton cœur ! »

— Wouah !!... c'est beau ! commente Arthur qui n'est pas près d'entendre ça dans sa famille.

18

Sélénia avait décidé que son village était maintenant devenu trop petit pour elle, puisque de l'aveu même de son père, elle grandissait à vue d'œil. Et puis sa tête aussi grandissait et elle comptait bien la remplir. Miro avait eu la mauvaise idée de lui expliquer les traditions et comment elle serait un jour amenée à diriger le royaume. Pas question pour elle de gouverner un territoire sans même le connaître. Elle voulut donc sillonner les Sept Terres afin d'avoir une meilleure vision des choses. Son élan était tout à fait louable, mais elle oubliait simplement qu'elle n'avait alors que cent ans, ce qui correspond chez nous à un petit trois ans. C'était jeune pour traverser des contrées aussi dangereuses, mais il était trop tard. Elle était déjà partie.

Elle traversa rapidement la Première Terre puisque c'était la sienne et qu'elle la connaissait par cœur. À chaque fois qu'elle croisait un Minimoy, elle le saluait courtoisement, comme le veut la tradition, mais dès qu'elle s'en allait, ce dernier fonçait prévenir le roi, qui tombait à nouveau dans les pommes, rien qu'en imaginant sa fille qui s'éloignait tous les jours davantage. Miro utilisait tellement de graines de céleri qu'il dut en remettre à fermenter.

Sélénia arriva dans la Deuxième Terre, les grands plateaux du Nord qui s'étalaient à perte de vue. On appelait ce territoire « les plaines de Labah-Labah », tellement on n'en voyait jamais le bout. L'herbe était jaune et uniforme, ce qui rendait le voyage très monotone. Elle croisa quelques troupeaux de gamouls sauvages qui la suivirent quelques jours, trop contents d'avoir un peu de visite. Elle croisa aussi quelques nomades de la tribu des Toulabahs. Ce peuple paisible gardait généralement les troupeaux. C'étaient les meilleurs dresseurs d'insectes de tout le royaume et ils acceptèrent de confier à cette petite princesse quelques-uns de leurs secrets de dressage. Il faut avouer qu'il était difficile de résister au charme de ce petit bout de chou, dont la volonté et l'engagement forçaient le respect de tous. Le chef de la tribu lui donna quelques sucettes à la rose, non pas pour son usage personnel, mais pour amadouer certaines des bêtes féroces qu'elle serait amenée à croiser durant son voyage.

Elle quitta les Toulabahs un beau matin et pénétra sur la Troisième Terre. La frontière était facile à repérer : l'herbe courte et jaune s'arrêtait net, au pied d'une forêt quasiment tropicale. L'ambiance était tout à fait différente. Tout d'abord, les arbres étaient très hauts et empêchaient souvent le soleil d'atteindre le sol. Ensuite, l'humidité était constante et il y avait en permanence un léger brouillard. Ce qui n'était pour nous qu'une petite brume de sol était, pour Sélénia, une véritable purée de pois. Les bruits des animaux étaient ici très différents et le fait qu'elle puisse les entendre sans jamais les voir l'angoissait énormément.

La petite Sélénia commençait à regretter son voyage et se rappela, un peu tard, que la Troisième Terre abritait aussi un peuple de redoutables chasseurs. Un peu tard parce que le piège s'était déjà refermé sur son pied. La liane se resserra d'un seul coup autour de celui-ci et projeta Sélénia dans les airs. Elle se mit instantanément à hurler, comme un cochon qui aurait gagné un mégaphone. Elle hurlait tellement fort que les chasseurs, les deux mains sur les oreilles, la supplièrent d'arrêter et jurèrent qu'ils feraient n'importe quoi pour elle, pourvu qu'elle cesse ses braillements. Les chasseurs harponnas étaient rompus à toutes sortes de combats, mais perdaient complètement leurs moyens quand ils entendaient un enfant crier. C'était là leur seule faiblesse. Autant dire que Sélénia-la-maligne, une fois qu'elle eut découvert ce talon d'Achile, en profita allègrement. Elle passa presque un mois dans leur camp au milieu de la forêt.

On lui présenta le chef qui était une chef. Elle s'appelait Décibelle. Elle était fort jolie et avait de magnifiques grands yeux blancs. Malheureusement pour elle, ces beaux yeux-là ne lui permettaient pas de voir. Décibelle était aveugle. Mais cette malformation de naissance ne la rendait pas malheureuse, bien au contraire. Elle avait, grâce à ce handicap, développé énormément son ouïe et elle était capable d'entendre un son bien avant que n'importe qui puisse le percevoir. Elle avait appris à reconnaître tous les animaux et elle était même capable de déceler leur humeur. Elle savait donc tout sur tout le monde et ce, même la nuit, quand l'œil ne sert plus à rien. La tribu entière s'était inclinée devant ses pouvoirs que certains qualifiaient même de maléfiques et elle fut tout naturellement nommée chef du clan, il y a maintenant plus de mille lunes.

Sélénia était fascinée par cette femme, tout comme cette femme l'était par cette enfant, curieuse de tout. Décibelle lui apprit à reconnaître les sons, les cris, les plaintes, les appels, les chuchotements de chaque animal. Sélénia était une bonne élève et Décibelle avoua qu'elle n'avait jamais rencontré une petite fille ayant autant de capacités.

— Tu feras une bonne reine, lui avait murmuré Décibelle en la regardant partir vers la Quatrième Terre.

Quand Sélénia quitta la forêt pour les verts pâturages de Patanalande, elle fut obligée de cligner des yeux, tellement la lumière lui paraissait forte et agressive. Presque vulgaire. Il faut dire qu'elle venait de passer plus d'un mois les yeux fermés, pour mieux retenir les bruits que Décibelle lui faisait découvrir.

Patanalande était le plus vaste des territoires minimoys. Il était réservé au bétail et il fallait des semaines pour le traverser. Les troupeaux s'y plaisaient car le terrain longeait la rivière et l'herbe y poussait en abondance. Il n'était pas rare d'y croiser d'énormes scarabées qui broutaient tout sur leur passage, laissant derrière eux l'herbe plus rase qu'une moquette.

Sélénia emprunta l'une des nombreuses autoroutes tracées par les insectes, qui ondulait agréablement à travers la province. La petite princesse s'amusait souvent à courir sur ces grands boulevards, mais un jour, à un croisement, elle percuta un animal. Dans un cas pareil, les deux percutés se redressent, se frottent un peu la tête, s'envoient une série d'excuses réciproques et reprennent leur chemin.

Malheureusement pour Sélénia, elle avait percuté une fourmi et l'affaire prit tout de suite des proportions démesurées. Toute la colonne de fourmis s'était d'abord arrêtée, créant un formidable embouteillage, très fellinien. Des dizaines de fourmis témoins de la collision se mirent à donner des versions contradictoires des faits, chacune ayant vu l'action d'un point de vue différent. Les fourmis chefs de ligne, les capitaines de cohorte et même deux généraux de campagne vinrent se mêler à l'affaire.

Après des heures de discussion, tout le monde était d'accord pour dire que Sélénia était la seule responsable puisqu'elle n'avait pas respecté la priorité solaire. Elle avait répondu que c'était la première fois qu'elle entendait parler d'une telle priorité et que ça ne faisait pas partie des siennes. Si au moins il y avait eu un panneau prévenant d'une telle chose, elle aurait suivi la consigne. Mais les fourmis étaient têtues, pires que des Suisses dans les clous, et elles décidèrent de porter l'affaire devant le roi.

La princesse se laissa escorter sans rien dire. De toute façon, elle n'aurait pas pu faire grand-chose car elle était encerclée par une marée de fourmis haineuses. Sélénia avait mis ses mains sur ses oreilles pendant le transfert. Depuis son séjour chez Décibelle, elle avait l'ouïe plus sensible et les jacassements de cinq cent mille fourmis débattant sur une priorité lui cassaient les oreilles. Ils entrèrent bientôt dans la fourmilière. Sélénia était très impressionnée. C'était mille fois plus grand que son village. Une vraie mégapole. Près de dix millions d'individus vivaient là dans une excitation permanente. La princesse se demandait même comment ils arrivaient à se croiser autant de fois dans la journée sans jamais avoir d'accident.

— Parce qu'elles respectent les priorités, elles ! avait insidieusement répondu le chef de cohorte.

Ils passèrent sur le côté de la grande salle, par l'un des accès rapides qui menait directement au bureau central. Pendant quelques minutes, Sélénia eut donc le loisir de voir la ville d'en haut. Le sol était noir de monde, comme un tapis humain qui sans cesse composait de nouveaux dessins. Un peu comme la surface de l'eau qui, balayée par le vent, brille de mille facettes. Le trafic était tellement intense qu'il était impossible de distinguer une seule route. Pourtant, tout ce petit monde savait très bien où il allait et ce qu'il avait à faire. Cette discipline impressionnait Sélénia et, quand elle se retrouva finalement devant le roi, elle s'inclina, en signe de respect. Sa Majesté soupira quand on lui raconta le problème. Il semblait en avoir tellement marre qu'on vienne lui casser les pattes à chaque fois qu'il y avait un problème de ce genre. On venait le voir pour tout et n'importe quoi. Il devait résoudre des milliers de problèmes par jour, plus bêtes les uns que les autres. Le vrai problème venait du grand texte.

Les anciens avaient gravé dans la pierre toutes les règles à respecter pour que la communauté entière puisse vivre en harmonie. Ces règles étaient bonnes et avaient fait leurs preuves. Elles étaient surtout nécessaires, car on n'organise pas la vie d'une centaine de Minimoys comme celle de dix millions de fourmis. La rigueur et l'équité étaient donc des facteurs importants. L'individualisme était bien évidemment banni et toute forme de créativité fortement déconseillée.

Sélénia n'aurait pas pu vivre plus de dix minutes dans des conditions pareilles, mais il avait bien fallu qu'elle s'y fasse puisqu'elle fut condamnée à dix jours de travaux d'intérêt général. La décision fut sans appel. Sélénia était outrée. Comment pouvait-on condamner une princesse de son rang, sans même lui laisser une seule fois la parole pour se défendre ? Mais les lois des fourmis n'admettaient aucune discussion. Les premiers jours, elle n'avait pas mangé, prétextant qu'elle n'avait pas faim. Mais quand le soir venait et que son ventre gargouillait comme un gamoul, elle regrettait son arrogance. Elle apprit donc très vite à manger comme les autres, six fois par jour. Au fil du temps, elle commença à apprécier cette rigueur qui, bien employée, ne pouvait pas faire de mal. Il n'y avait pas de privilège, mais il n'y avait pas d'exclus non plus. Tout le monde partageait le même travail et chacun mangeait à sa faim. Quand Sélénia fut ramenée au roi, à la fin de sa peine, son arrogance avait disparu et elle le remercia pour cette expérience.

— Tu feras une bonne reine ! lui avait répondu le souverain, ce qui déclencha aussitôt une série de plaintes de la part des fourmis puisqu'il était écrit dans la pierre qu'aucune distinction honorifique n'était possible.

Le roi s'était alors mis dans une colère colossale, pour une fourmi.

— Vous me cassez les antennes ! avait-il hurlé, clouant sur place dix millions d'individus, comme un trou dans le temps ou dans l'espace, comme le bug du siècle. Le roi avait profité de ces quelques secondes de calme absolu pour respirer un bon coup.

— C'est bon ! Reprenez une activité normale ! avait-il été obligé de crier pour relancer la machine.

Le tapis humain se remit en route, sans commentaire. Cette colère du roi fut bien sûr inscrite dans le grand rapport que les fourmis tenaient à jour depuis des siècles, mais personne ne put jamais l'expliquer. Il fallait être humain pour savoir qu'il n'y avait rien à expliquer. Une bonne gueulante de temps en temps, ça fait du bien par où ça passe, et puis c'est tout !

La Cinquième Terre était la plus petite du

royaume et on y trouvait un peu de tout. Une rivière au nord, de grands canyons en brique rongés par une végétation luxuriante au sud, puis à l'ouest, les premières traces de civilisation humaine. Les Koolomassaïs étaient les maîtres de ce terrain instable qui changeait d'allure après chaque colline. Le décor, biscornu et accidenté, avait sûrement une influence sur le caractère de ses habitants, car les Koolos étaient les pires des baratineurs. Jamais oui, jamais non, toujours peut-être. Ils changeaient d'avis comme de chapeaux, ce qui leur permettait de bien s'entendre avec tout le monde, d'où une aptitude certaine au show-business. Ils possédaient tous les bars et les dancings de la région. C'était, disons-le franchement, les rois des baratineurs, des dragueurs et, à l'occasion, des voleurs.

Autant dire que les fourmis et les Koolos ne pouvaient pas se voir en peinture, ce qui n'était pas si grave puisque les fourmis n'avaient pas le droit de peindre et que les Koolos étaient trop feignants pour le faire.

Après quelques semaines en fourmilière, Sélénia ne fut pas fâchée de boire un verre dans le premier bar qu'elle trouva. Il s'appelait le « Stunning rapids bar ». L'étonnant bar des chutes du diable, en langage minimoy. Le bar tenait son nom des grandes chutes d'eau toutes proches qu'on entendait en permanence. L'endroit était tenu par le fameux Max, mais Sélénia, à l'époque, n'eut jamais le loisir de le rencontrer. Elle commanda la boisson locale, le jack-fire, et fut surprise de voir à quel point cette boisson était désaltérante.

Après quelques jack-fires, elle avait dansé avec tout le monde. Mal, les premières fois, mais la princesse apprenait vite et, au troisième bar écumé, elle était considérée comme la reine de la danse. Bien que le jack-fire fût très désaltérant, elle comprit vite qu'il avait aussi la particularité de faire très mal à la tête au réveil. C'est ce qui déclencha le départ de la jeune fille de cette terre ambiguë, et elle passa à la suivante.

Le sixième territoire n'était pas seulement en bordure du monde des humains, mais carrément à l'intérieur. La terre s'était effectivement infiltrée dans le goudron qui entourait le garage et de grandes surfaces d'herbe marronnasse avaient poussé jusque sous les fondations de la maison. Il n'y avait donc plus de ciel au-dessus de la tête de Sélénia, mais un ensemble de planches de bois coulées dans le béton.

Sélénia longea une falaise en brique, rongée par la mousse. Les torrents et les chutes d'eau étaient fréquents et comme les Minimoys ne supportaient pas l'eau, elle avait bien du mal à traverser ce territoire peu accueillant, entrecoupé de murets qu'elle mettait à chaque fois la journée à franchir.

Épuisée par tant d'exercices, elle s'était servie des sucettes que les Toulabahs lui avaient données pour apprivoiser une araignée. L'animal était un peu récalcitrant et ne se laissa pas dompter facilement. Il lui en coûta trois sucettes. Le reste du voyage fut bien plus agréable. Sélénia s'était bien attachée sur le dos de l'araignée qui montait les parois verticales, enjambait les marécages et traversait les cours d'eau en se servant de son fil comme d'une liane. La princesse avait ainsi pu observer tous ces paysages sans se fatiguer et sans se faire une seule tache. Il lui était même arrivé de s'endormir sur le dos de l'animal, tellement celui-ci se déplaçait avec souplesse. Effectivement, ses huit pattes amortissaient tous les accidents de terrain et compensaient les différences de niveaux, offrant ainsi à Sélénia un doux lit, aussi confortable que ceux de l'Orient-Express, en plus poilu.

19

Arrivée au bord de la Septième Terre, l'araignée s'arrêta net. Pas question pour elle d'aller plus loin et toutes les sucettes du monde ne purent lui faire changer d'avis. Sélénia rendit donc sa liberté à l'araignée et la remercia pour son agréable compagnie.

Il n'y avait pas que les araignées qui ne voulaient pas s'aventurer sur ces terres interdites. Personne ne voulait y aller. Certains par superstition, mais la majorité parce qu'il n'y avait simplement rien à y faire. C'était une étendue plate et désertique. Aucune plante n'avait accepté d'y pousser, aucun animal n'avait daigné s'y installer. La terre y était noire, brûlée en profondeur. Sélénia se demanda bien ce qui avait pu provoquer un tel cataclysme et, en voyant le panneau à tête de mort, elle commença à comprendre. Elle rentrait dans le territoire du Nonoland. D'après le grand livre, ces terres furent brûlées par les troupes de M le maudit. Son territoire était limitrophe et il avait tout anéanti autour de lui, afin de se protéger contre les invasions. Il est vrai que quelqu'un se déplaçant sur Nonoland était visible dans la seconde, vu qu'il n'y avait même pas un brin d'herbe pour se cacher derrière.

Les gardes séides avaient donc repéré Sélénia depuis longtemps, mais laissaient l'inconsciente avancer vers eux. Sélénia marchait à grands pas, bien décidée à aller tirer les oreilles de ce soi-disant M afin qu'il lui donne quelques explications sur ce désastre écologique. La petite princesse était encore bien trop jeune pour avoir peur du danger. Rien n'avait de limite pour elle et la grande loi de la nature était bien plus forte que tout, puisque c'est elle qui réglait l'ordre des choses. La nature, que Sélénia se sentait chargée de représenter, allait donc punir ce fameux M et faire repousser tout ça. Il fallait vraiment avoir cent ans pour être aussi naïf.

Un gigantesque filet, dissimulé dans la poussière du sol, se referma sur Sélénia. Rapidement, quelques séides apparurent. Ils étaient allongés sur le sol, aussi invisibles qu'un caméléon grâce à leur armure couleur de cendres. Quelques moustiks s'approchèrent. C'était la première fois que Sélénia en voyait. Les pauvres animaux étaient transformés en véritables machines de guerre et leur harnachement devait peser des tonnes. Mais à force de maltraitances et de privations, les séides avaient réussi à rendre leurs montures plus dociles qu'un caramel. On accrocha le filet sous un moustik et Sélénia fut transportée dans les airs, jusqu'aux abords de Nécropolis, au milieu des terres interdites.

La ville avait été construite dans les catacombes de la maison d'Archibald. L'odeur y était insupportable. L'air manquait. Il avait laissé la place à des effluves de gaz et des vapeurs d'essence. Sélénia avait la tête qui tournait et elle crut un instant qu'elle ne reviendrait jamais de ce voyage. Mais on s'habitue à tout, même au pire.

Les séides déposèrent le filet aux pieds de M le maudit, aux pieds de Maltazard. Il était encore plus laid au naturel que dans les descriptions qu'en donnait le grand livre. Son visage était creusé par le temps, son corps rongé par la maladie. Rien que la couleur de sa peau vous donnait mal au cœur. Elle rappelait celle des foies de malades qu'on vous montre en photo pour vous inciter à ne plus boire. Même du jack-fire.

Maltazard, à la vue de la petite princesse, s'était mis à rire et il fallut attendre une heure pour que ça lui passe. Il riait à la providence. Lui qui multipliait les pièges pour attraper des Minimoys, voilà que la fille même du roi lui tombait toute crue dans le bec. Il y avait de quoi rire et il remercia la déesse de la grande forêt pour son cadeau. D'ailleurs, il allait la sacrifier en son honneur. La princesse, très digne, avait levé le menton et lui avait à son tour ri au nez.

— Mourir ? La belle affaire ! lui avait-elle répondu, telle une diva.

Elle ajouta qu'elle avait tellement appris de choses durant son voyage qu'elle partirait sans regret. Cette attitude avait un peu déstabilisé Maltazard. À quoi bon faire souffrir un prisonnier si celui-ci est insensible à la douleur ? Mais Maltazard n'était pas devenu le maître de l'ombre par hasard. Il méritait son poste, car son esprit était plus tortueux que les racines d'un arbre millénaire.

— Si tu n'as pas peur de ta souffrance, peut-être auras-tu peur de celle de tes proches ? avait chuchoté Maltazard à travers un sourire machiavélique.

Sélénia ne savait pas encore ce que cela voulait dire, mais un frisson lui avait quand même parcouru le dos, comme si son corps avait compris plus vite que sa tête. Maltazard avait envoyé un message au père de Sélénia, le roi des Minimoys.

Il avait gravé lui-même le message sur le dos d'un séide, seul moyen d'être sûr que cet abruti ne le perde pas, et envoyé un deuxième séide, tout neuf, afin qu'on grave la réponse sur son dos.

Le message de Maltazard était une négociation, un échange, une proposition tellement odieuse que le roi tomba trois fois dans les pommes avant d'arriver à la lire jusqu'au bout. Maltazard annonçait qu'il allait tuer sa fille avec lenteur et plaisir. Mais pour se montrer magnanime, il acceptait éventuellement de l'épargner, à une condition : que la reine prenne la place de sa fille. Le roi avait évidemment refusé et tout cassé dans le palais, histoire d'apaiser sa colère. Pendant ce temps, la reine avait calmement fait sa valise, avec une dignité à faire pleurer tout le monde. Elle embrassa tendrement son mari et plongea son regard dans le sien. Il y avait tellement de force et de conviction dans ces yeux-là que le roi n'eut même pas le courage de dire un mot.

— Tu m'as apporté tout ce qu'une femme pouvait rêver pendant plus de deux mille ans. La moindre plainte serait déplacée, avait-elle dit de sa voix si douce.

Puis elle l'embrassa longuement. Toute la vie qu'il y avait encore en elle passa dans ce baiser. Maltazard se contenterait d'une coquille vide. Sélénia n'était évidemment pas au courant de cet odieux chantage, sinon elle aurait probablement donné sa vie pour sauver celle de sa mère. La jeune princesse ne découvrit l'insupportable vérité que le jour où elle regagna son village.

Sa mère avait déjà disparu à jamais entre les griffes de Maltazard. Sélénia s'était effondrée et n'avait rien mangé pendant des mois. Elle avait appris tellement de choses pendant son voyage, mais cette dernière leçon était de très loin la plus dure. En désobéissant à son père, elle avait perdu sa mère. Elle se jura de ne plus jamais désobéir, ni à son père, ni au grand livre qu'elle passa des années à apprendre par cœur, comme si son salut et sa survie en dépendaient.

Un jour de mai, elle tourna la page sept mille deux cent vingt-cinq du grand livre. Une seule phrase y était inscrite : « Tout ce qui ne me tue pas me rend plus fort. » Son auteur était un certain Archibald, un bienfaiteur dont elle avait beaucoup entendu parler. Sélénia n'étant pas morte, elle comprit alors qu'elle était maintenant plus forte. Elle venait d'avoir cinq cents ans, l'âge auquel une petite fille devient officiellement une jeune femme.

20

Arthur regarde Miro qui pleurniche en finissant son histoire. L'enfant est captivé, comme une grenouille devant une mouche. Il réalise seulement maintenant qu'il avait épousé Sélénia sans vraiment la connaître. Certes, leurs premières aventures les avaient rapprochés, mais il ignorait tout de son passé.

— Merci de me raconter tout ça, Miro, dit le garçon. Je comprends mieux, maintenant !

L'idée de perdre ainsi sa mère, de payer aussi cher une si petite faute bouleverse Arthur car lui aussi a désobéi à son père. Il s'est enfui et n'en a fait qu'à sa tête. Un frisson le parcourt. Il n'a pas envie que son aventure se termine aussi mal et que sa petite maman chérie disparaisse à jamais. Arthur se promet de rentrer très vite à la maison. Un bonjour à sa princesse, pour s'assurer qu'elle va bien, et il filera dans la salle des passages pour traverser la lunette, avant que le premier rayon du soleil n'apparaisse, comme le lui a fortement conseillé le chef des Matassalaïs.

— Quelle heure est-il ? demande Arthur.

Miro consulte son sablier.

— Le soleil se lèvera dans exactement cinq minutes ! lui répond la taupe.

Arthur soupire. Il espère évidemment qu'il n'est rien arrivé à la princesse et qu'elle reviendra au plus vite, mais l'idée de ne la voir qu'une minute, après tout ce qu'il vient d'endurer, ne le réjouit vraiment pas. Mais peut-être y a-t-il là aussi une leçon à retenir ? Arthur réfléchit un instant et se dit qu'il aurait pu traverser la terre entière pour l'apercevoir, ne serait-ce qu'une seule seconde. Et même si cette seconde n'arrive jamais, il tournera facilement encore une fois autour de la planète pour tenter à nouveau sa chance. Voilà ce que cette aventure lui a appris : son amour pour Sélénia est entier, pur et sans limite.

Cette pensée le ravit et il se met à sourire.

— Allez ! dit-il en se levant, commençons à nous diriger vers la salle des passages. Ce sera plus raisonnable !

Miro est surpris de le voir d'un seul coup si adulte.

— Voilà qui est sage, Arthur, lui répond-il, un sourire satisfait aux coins des lèvres.

Les deux amis se lèvent, tournent le dos à la porte d'entrée et s'éloignent.

Mais la grande roue de la vie, celle qui règle tout en toute circonstance, a parfois des rouages bien sournois que l'on surnomme « les caprices du temps ». C'est assez poétique comme nom, pour une simple roue à dents, mais plus sympathique que le nom barbare que lui ont donné les hommes : la coïncidence. Ce mot sonnait, aux oreilles des Minimoys, comme un instrument de torture.

« Avoue ton crime ou on te passe à la coïncidence ! » se répétaient-ils entre eux, pour illustrer leur vision.

Même dans le grand dictionnaire minimoy le mot n'avait pas bonne réputation puisqu'il se trouvait entre « coincer » et « insidieux », ce qui prouvait bien le peu d'affection qu'on lui portait.

Archibald, il y a quelques années, avait bien essayé de leur expliquer la vraie nature du mot, qui pouvait parfois amener de bonnes choses, rapprocher des familles, ou faciliter des circonstances. Mais le roi et ses conseillers ne voulaient rien entendre. La coïncidence n'existait pas. C'était une notion philosophique et comme l'être humain avait traversé des siècles de barbarie avant de toucher du doigt la philosophie, il était hors de question pour les Minimoys de se taper tout l'âge de pierre pour comprendre le sens d'un mot, si philosophique soit-il.

Quoi qu'il en soit, la grande roue de la vie a programmé le « toc-toc » à la porte d'entrée avec le départ d'Arthur vers la salle des passages. La nature fait donc bien les choses, parce que sinon, quelques secondes plus tard, Arthur n'aurait jamais entendu cet appel et n'aurait donc pas su qui frappait à cette porte.

— C'est Sélénia ! s'écrie Arthur en se raidissant d'un seul coup comme un bambou.

Il est tellement droit qu'il mesure un millimètre de plus. Son visage s'illumine, comme la tour Eiffel à minuit.

— C'est elle ! C'est elle ! J'en suis sûr ! dit-il en bondissant partout, tel un cabri.

Arthur se rue sur la porte et ne prend même pas le temps de jeter un coup d'œil à travers le périscope. Miro s'apprête à lui faire remarquer que c'est l'une des consignes principales de sécurité et qu'il ne faut en aucun cas l'ignorer. Le vieux sage a tellement d'exemples catastrophiques à raconter sur ce sujet qu'il lui faudrait la journée. Mais Arthur ne lui laisse même pas le temps d'ouvrir la bouche. Il se jette sur la barre qui bloque la porte de part en part et la pousse de toutes ses forces.

Tout le monde a entendu les cris d'Arthur et la garde royale se précipite vers la porte qu'il est en train d'ouvrir avec la plus grande imprudence.

— Que fais-tu, malheureux ?! hurle le roi à l'enfant.

— C'est Sélénia !! J'en suis sûr ! répond Arthur, incapable de refréner son enthousiasme. Il tire comme un malade sur la lourde porte qui finit par s'ouvrir.

Arthur avait raison. Sélénia est bien là et il peut afficher un sourire des plus radieux. Mais ce n'est pas le cas de la princesse. Son visage est fermé, creusé par les larmes, ravagé par la honte et la tristesse. Probablement à cause du couteau qu'elle a sous la gorge, à cause de ce bras puissant qui l'étrangle, à cause de cet immonde Maltazard qui la tient prisonnière.

Le sourire d'Arthur s'effondre en une seconde, comme un château de cartes. Miro a d'un seul coup le sang glacé et la truffe toute bleue. Quant au roi, il est déjà aux pommes.

Sélénia regarde Arthur de ses yeux pleins de larmes. Elle voudrait tellement lui dire à quel point elle est heureuse et soulagée de le savoir là, si près d'elle.

Mais la lame l'empêche d'émettre le moindre son de sa bouche pourtant ouverte.

— Quel plaisir de te revoir, jeune Arthur ! dit Maltazard de sa voix aussi agréable qu'une scie électrique sur une barre en fer.

Rien qu'au son de sa voix, il a fait trembler le village entier et les gens sont tétanisés par cette vision d'horreur qui vient de les envahir.

Maltazard, que tout le monde croyait disparu dans les décombres de Nécropolis, est malheureusement bel et bien vivant et il marque son retour de la plus sanguinaire des façons. Mais cette prise d'otage est bien le minimum que l'on pouvait attendre d'un personnage aussi machiavélique.

— Tu as un joli collier ! ironise Maltazard en apercevant le coquillage qui pend au cou d'Arthur. Bienvenue dans le cercle de la nature, mon cher cousin ! ajoute-t-il en ricanant.

Arthur serait ravi de lui montrer qu'il a maintenant tout du tigre en lui sautant dessus, mais Maltazard est plus rapide qu'un tigre et il fait pression avec son couteau sur la gorge de Sélénia. Arthur s'arrête aussitôt, coupé dans son élan. Il n'y a pas vraiment d'intérêt à récupérer une princesse à la gorge tranchée. Il faut réfléchir. Trouver une autre solution. Gagner du temps.

— Je sais maintenant comment Sélénia a perdu sa mère ! Miro m'a raconté l'histoire ! lui lance Arthur, pour capter son attention.

— Belle histoire, n'est-ce pas ? Mais je vais t'en écrire une nouvelle bien plus sympathique encore ! Tu auras de quoi passer de bonnes soirées d'hiver au coin du feu ! lui répond Maltazard d'un ton sarcastique.

L'odieux M pousse sa prisonnière et entre définitivement dans le village. Arthur recule devant eux, histoire de ralentir leur progression et de donner du temps aux Minimoys. Du temps pour réfléchir à quelque chose, n'importe quoi, du moment que ça puisse sauver Sélénia. Mais les Minimoys n'ont pas l'esprit guerrier ni tortueux et ils sont aussi démunis qu'une poule devant une bombe atomique.

— Pourquoi ne pas faire comme avec la reine ? Je suis prince, maintenant. Ça vaut bien une princesse. Prenez-moi en échange. Je vous donne ma vie contre la sienne ! lui suggère Arthur en l'obligeant à s'arrêter.

— Nooon ! hurle la princesse, et Maltazard a toutes les peines du monde à l'empêcher de gesticuler.

Il est obligé d'utiliser toute la force de son bras pour maintenir la jeune fille. La pression devient si forte que Sélénia ne peut plus bouger et elle commence à tourner de l'œil.

— C'est gentil de ta part, jeune Arthur. Il y a quelques années, effectivement, ce genre de troc m'amusait. Mais aujourd'hui, j'ai des ambitions bien plus grandes et ta misérable vie ne m'intéresse pas ! lance Maltazard, aussi méprisant qu'une bourgeoise devant un ticket de métro.

— Peut-on demander à Son Altesse, à Sa Grandeur Sérénissime, quel genre de projet elle a en tête ? demande Arthur, qui essaie la flatterie.

Il fait bien, ça marche toujours sur les dictateurs et les tordus de son espèce. Maltazard s'arrête et prend la pose, comme en interview.

— J'ai effectivement de grands projets et le premier est de quitter ces territoires minables qui ne sont pas à la hauteur de mes ambitions ! déclare Maltazard, comme s'il récitait du Molière. Je vais partir vers d'autres contrées, plus adaptées à ma taille et mon génie. J'ai décidé de voir... plus grand ! ajoute-t-il en pointant un doigt vers le ciel.

Arthur commence à comprendre.

— C'est vous qui avez envoyé le message sur le grain de riz ? demande-t-il, comme s'il avait déchiffré d'un coup toute l'énigme. Vous m'avez envoyé un message de détresse, car vous saviez que j'essaierais de faire quelque chose pour sauver mes amis et que je chercherais à les rejoindre, donc à utiliser le rayon pour ouvrir la porte qui mène aux Minimoys. Mais ce qui vous intéresse, ce n'est pas de « rétrécir », mais bien au contraire de « grandir ». En ouvrant le chemin des Minimoys, je vous ouvrais, par la même occasion, le chemin vers les humains.

Si les bras de Maltazard n'avaient pas été occupés à maintenir, Sélénia, celui-ci aurait volontiers applaudi Arthur.

— Bravo, jeune garçon, tu es décidément très perspicace ! avoue Son Altesse.

Maltazard avait eu un mal de chien à trouver un grain de riz et il avait dû monter toute une expédition pour en ramener un. Il trouva d'abord, au fond de la Sixième Terre, un passeur de niveau qui connaissait la maison des humains comme sa poche, et, quand M lui décrivit l'aliment recherché, le passeur lui indiqua immédiatement la cuisine. Maltazard avait longé les canalisations verticales pour monter jusqu'au rez-de-chaussée. Le premier humain qu'il rencontra était Marguerite. Elle s'affairait dans la cuisine, et Maltazard fut fasciné de voir la minutie avec laquelle la grand-mère préparait à manger. Fasciné aussi de voir tous ces instruments, ce four qui chauffe en tournant un bouton, cette eau qui coule rien qu'en ouvrant un robinet, ce mixeur qui mélange les fruits en quelques secondes et les transforme en purée. Tout l'émerveillait. Le moulin à poivre, le toaster qui faisait sauter le pain en l'air, le frigo qui gardait un morceau d'hiver en plein été, et surtout cet instrument tout tordu qui permettait de faire sauter les bouchons. L'ustensile qui le fascinait le plus était tout de même celui que Marguerite utilisait pour râper les légumes.

La grand-mère s'était fait avoir au supermarché par un vendeur à la criée qui lui avait revendu une série de râpes à découper les légumes de façon décorative. Elle pouvait donc transformer un radis en fleur, mettre de la dentelle autour d'un œuf dur et transformer une tranche de navet en étoile à cinq branches. Elle avait évidemment passé une heure dans la cuisine à essayer chacune des râpes sur tous les fruits et légumes qu'elle avait pu trouver dans le réfrigérateur. Cette démonstration avait subjugué Maltazard. Toute cette création, ce talent, simplement pour le plaisir d'agrémenter un repas. Il en avait les larmes aux yeux, ce qui lui arrivait très rarement. D'abord parce que ses larmes étaient acides et qu'il évitait donc de pleurer, puisque ça lui faisait extrêmement mal, ensuite parce que son esprit malade ne lui donnait pas accès à l'émotion.

Pourtant là, dans cette cuisine, devant cet acte de création absolue, cet art éphémère qui alliait volupté et géométrie, Son Altesse craquait littéralement. Il se sentait revivre, comme si son cœur, trop longtemps éteint, s'était enfin remis à battre. Il n'avait d'habitude dans sa tête qu'un long bruit de marteau-piqueur qui venait de s'arrêter pour faire place à du Mozart. La vie de Maltazard avait ici basculé. Cette vieille dame le fascinait et il venait tous les jours la voir en cuisine. Il avait même dormi plusieurs fois dans l'un des placards, mais un être horrible l'avait surpris en pleine nuit avec un jet de gaz toxique. Comme Maltazard était déjà tellement pourri de l'intérieur, il avait été insensible aux effets de cette bombe.

Il avait aussi fait connaissance avec la mère d'Arthur qu'il trouvait très drôle. Quand elle cherchait un verre, elle ouvrait tous les placards en râlant pour finalement décider de ne plus boire. Pourtant, même lui, en quelques jours, savait où se trouvaient les verres, les assiettes, les couverts et autres ustensiles.

Il savait même où se cachait la petite bouteille de whisky qu'Archibald venait caresser de temps en temps. Maltazard avait enfermé Archibald pendant plus de trois ans dans ses fameuses prisons de Nécropolis et il le regrettait aujourd'hui, car Archibald était un homme bon. Tous les jours il venait réparer un truc dans la cuisine à la demande de Marguerite. Tantôt l'évier qui se bouche, tantôt une porte de placard qui grince. Il aiguisait les couteaux, enlevait le calcaire des machines, réparait le ventilateur et autres modernités qui tombaient régulièrement en panne. Maltazard était fasciné de voir ce petit couple s'entraider de la sorte et cette complicité, qui les rendait joyeux, le bouleversait. Il n'avait jamais eu ce genre de rapport avec qui que ce soit, pas même avec ses parents, puisqu'ils l'avaient abandonné dès sa naissance. L'amour, la complicité, l'amitié, le partage. Tout ceci lui était totalement inconnu et il avait pris depuis longtemps l'habitude de ne rien partager. Il allait donc envahir ce nouveau monde qui le fascinait et en devenir le maître absolu, sans que cela lui pose un problème particulier.

Mais il se fit à lui-même la promesse solennelle que, dès qu'il aurait pris les commandes de son nouveau royaume, il élèverait Marguerite au rang de citoyenne d'honneur et grand chef de la cuisine royale.

En attendant, Maltazard lui avait volé un grain de riz et il l'amena chez le graveur.

Maltazard avait dégoté l'artiste dans un bar de la Cinquième Terre. Le fameux « Stunning rapids bar » que tenait Max. Le graveur était le plus talentueux de la ville et on se l'arrachait à prix d'or pour créer dans la pierre des enseignes alléchantes susceptibles d'attirer le client. Il était donc très pris et son carnet de commandes était plein pour au moins dix lunes. Mais quand l'artiste aperçut Maltazard le maléfique, il aurait gravé n'importe quoi en un temps record.

Son Altesse devait maintenant trouver un messager, et qu'y avait-t-il de mieux qu'une araignée pour livrer rapidement un message ? Il s'adressa donc à la Tarentula-Express Compagnie. C'était évidemment un Toulabah qui tenait la boutique, puisque le dressage était leur spécialité. Il s'appelait Den-Hiro. Sa petite entreprise ne connaissait pas la crise et affichait une prospérité indécente. Il réalisait quatre-vingt-dix pour cent de son chiffre d'affaires dans la Cinquième Terre, grâce aux Koolomassaïs, beaucoup trop feignants pour délivrer eux-mêmes leurs messages.

Notre Toulabah se portait bien et il était d'ailleurs assez surprenant de voir un nomade des Deuxièmes Terres réussir ainsi dans les affaires. Mais au niveau des affaires, il rencontra son maître. Maltazard entra dans le bureau et ne prit même pas la peine de s'asseoir. Il proposa à Den-Hiro un arrangement assez simple : le Toulabah dressait une araignée à porter un message à

Arthur et en échange il épargnait la famille de l'animal et la vie du patron. C'était une proposition qu'on ne pouvait refuser et Den-Hiro l'accepta.

— Voilà comment le grain de riz est parvenu jusqu'à toi, mon jeune ami ! dit Maltazard, assez fier de son machiavélisme. Toute cette histoire a fait gagner du temps, mais personne n'en a profité. Ces imbéciles de Minimoys, toujours aussi fleur bleue, se sont tous assis pour écouter le récit avec intérêt. Arthur est furieux. C'est pas comme ça qu'il va sauver sa princesse.

— Assez bavardé ! lance Maltazard en poussant son otage vers la salle des passages. Le soleil va bientôt se lever et j'aimerais être là pour le voir ! ajoute-t-il en ricanant comme une voiture qui tousse.

Maltazard entre dans la fameuse salle des passages, suivi par Arthur, Bétamèche et Miro. Eux seuls sont assez courageux pour oser affronter ce seigneur des ténèbres, qui coupe d'un ongle le cocon du passeur. Le vieil homme tombe au sol, comme une poire trop mûre.

— C'est pas bientôt fini ces va-et-vient ?! lâche-t-il, en râlant comme à son habitude.

— C'est le dernier ! affirme Maltazard en souriant. Après celui-là tu pourras dormir en paix !

Le vieux passeur regarde l'immonde personnage dans les yeux. Il n'est nullement impressionné.

— Tiens ?! le petit Maltazard ! Ça fait longtemps que je ne t'avais pas vu ! Tu as grandi ! dit-il machinalement.

Maltazard n'aime pas les arrogants et encore moins les familiers.

— Oui ! et je vais grandir davantage ! lance-t-il avec certitude.

— Tu ferais mieux d'aller dormir au lieu de penser à grandir ! T'as vu ta tête ? C'est à toi qu'un bon roupillon ferait du bien ! lui conseille le passeur.

— Tais-toi, vieux fou ! ou ton sommeil sera éternel !! hurle-t-il, incapable de contrôler sa colère.

Sélénia essaie de profiter de l'occasion pour s'enfuir, mais Maltazard resserre son étreinte autour de la jeune fille, et la lame est à deux doigts de s'enfoncer dans la peau.

— Calmez-vous tous ! crie Arthur à son tour avec une autorité surprenante.

La tension redescend progressivement et même Sélénia s'arrête de gesticuler.

— Si tu veux rejoindre le monde des humains, va ! mais laisse ici Sélénia ! lui demande Arthur.

Maltazard sourit, ce qui n'est jamais agréable.

— Ne t'inquiète pas, mon jeune ami ! Je n'ai aucune intention d'emmener avec moi cette petite peste ! lui dit Maltazard. Il y en a plein qui m'attendent là-haut et qui seront ravies de me servir !

Il est impossible de faire confiance à un être aussi abject, mais Arthur est certain qu'il dit, pour une fois, la vérité. L'idée de voir Maltazard passer dans le monde des humains ne le réjouit pas, mais si c'est le prix à payer pour sauver son aimée, alors la question ne se pose même pas. Il s'occupera de Maltazard plus tard.

Arthur fait un signe à Miro qui comprend immédiatement ce que l'enfant a en tête.

— Passeur ! Lance la procédure ! dit Miro avec autorité.

21

Les Bogo-Matassalaïs sont tous assis autour du feu, le visage tourné vers la colline derrière laquelle le soleil ne va pas tarder à apparaître. La lunette est toujours là, aussi muette qu'un phare abandonné. Le feu crépite un peu et le chef remarque que les flammes ont changé de couleur. Il passe sa main au-dessus du feu, puis finit par la mettre carrément dans les flammes.

— Le feu ne chauffe plus, s'inquiète Grino, les mauvais esprits sont là et sortent du sol.

Cette terrible nouvelle est accueillie en silence et les Bogo-Matassalaïs se donnent la main afin de former un cercle protecteur, un courant de chaleur pour lutter contre ces ondes glaciales qui montent d'outre-tombe. Les premiers rayons du soleil chatouillent la crête de la colline voisine et envahissent de lumière la forêt de Chanterelle, située à deux kilomètres de la maison. Il ne reste donc plus qu'une minute à Arthur pour rejoindre son monde. Après, il sera trop tard, après il sera bloqué à vie dans le monde des Minimoys. Pourtant ce n'est pas Arthur qui s'apprête à passer, mais bien Maltazard.

Le passeur attrape la dernière des trois bagues, celle de l'âme, et lui fait faire un tour entier. Lorsqu'on connaît Maltazard, on se demande si son âme lui servira à quelque chose là où il va.

Arthur est nerveux et n'arrête pas de faire des nœuds avec ses doigts. Bétamèche, pas très courageux, s'est à moitié caché derrière son camarade. Miro est sur le côté et mine de rien fait des petits pas de travers pour se rapprocher du mur. Il prépare assurément quelque chose. Maltazard n'a rien vu, trop excité qu'il est à l'idée de rejoindre ce nouveau monde qui n'a vraiment pas besoin de lui pour aller mal.

Maltazard se met sur la plaque qui doit le propulser vers la lunette. Il a pris soin de ne pas mettre Sélénia sur la plaque, tout en laissant le couteau sous sa gorge. Son autre main est sur la manette d'éjection. C'est ce qui inquiète Arthur. Il a peur que le scélérat quitte la pièce tout en exécutant sa menace.

Miro est arrivé à ses fins. Il s'est glissé jusqu'au mur sans que personne ne s'en aperçoive. Il a maintenant la main sur le bouton qui commande la pression d'éjection. Il tourne la molette au maximum. Puissance dix.

— Au revoir, petites gens, et au plaisir de vous écraser un jour ! lance Maltazard qui trouve toujours quelque chose de gentil à dire dans des moments pareils.

À la façon dont il replace sa main sur le couteau, il paraît évident qu'il va égorger sa victime avant de partir, histoire de laisser sa signature à l'encre rouge.

Arthur ne sait pas quoi faire et Bétamèche encore moins, mais Miro semble avoir une idée. Il se souvient du petit Maltazard qui n'a pas toujours été le monstre que l'on connaît. L'enfant était particulièrement mauvais à l'école, mais il avait déjà d'énormes capacités physiques. Il était donc adulé par ses camarades dès qu'il mettait les pieds sur un terrain de sport. Avant-centre au pousse-groseille, pilier au passe-olive, meilleur lanceur de tape-noyau, il était aussi le plus rapide à la course, quelle que soit la distance. Mais le sport l'ennuyait car la concurrence était inexistante. « À gagner sans mérite on triomphe sans gloire », avait-il lu dans le grand livre. C'est d'ailleurs la seule chose qu'il avait retenue de ces longues années d'études.

Ce qu'il aimait, plus encore que le sport, c'était les jeux, car ça lui donnait l'occasion de battre intellectuellement les autres. Mais ses capacités n'étaient pas à la hauteur de ses ambitions et, comme il n'était pas question pour lui de perdre, ne serait-ce qu'une seule fois, il trichait allègrement, tout le temps et par tous les temps. Il y avait un jeu qu'il affectionnait plus particulièrement : le jeu du caméléon. C'était pourtant un jeu de tout-petits, mais Maltazard, n'ayant pas eu de parents, se rattrapait avec des enfantillages. Le jeu du caméléon se jouait à deux, face à face. Le premier joueur commandait le deuxième qui faisait le caméléon. C'est-à-dire qu'il devait imiter tout ce que l'autre faisait. Si le premier joueur levait la jambe, le deuxième devait en faire autant, comme un jacadi en minuscule, un « chat-perché-caméléon ».

Ce détail sur la jeunesse de Maltazard va avoir son importance.

— Adieu ! balance Maltazard, comme s'il finissait un vaudeville.

Mais au moment où il s'apprête à appuyer sur le déclencheur et sur la lame, Miro se met à hurler :

— Maltazard ?!

L'affreux sursaute et dévisage Miro.

— Caaa… mééé… léon ! Tête !! lui chantonne Miro en mettant immédiatement ses mains sur la tête.

Dans un geste réflexe totalement inconscient, Maltazard réagit instinctivement à cette musique en mettant ses deux mains sur la tête et en criant :

— Perché !!!

Arthur est alors plus vif que l'épervier, plus rapide que le guépard et surtout plus intelligent que Maltazard. Maintenant que M a les bras en l'air et que Sélénia est dégagée de son étreinte, il se rue sur la manette et éjecte Maltazard, qui disparaît d'un seul coup, littéralement happé par la lunette. C'est du supersonique, du puissance dix, made in Miro.

Maltazard a disparu sans laisser de trace. Sauf une, sur la gorge de Sélénia qui vacille. Avant qu'elle ne s'écroule au sol, Arthur la récupère dans ses bras. Miro se précipite et regarde tout de suite la plaie. Rien de bien grave. Juste une légère coupure due à la pression trop longue du couteau sur sa peau fragile. Sélénia revient à elle et sourit enfin à son prince. Elle peut maintenant lui caresser le visage, comme elle rêvait de le faire depuis si longtemps.

— Je suis si contente de te revoir, mon bel Arthur, lui dit-elle avec amour.

Arthur est tellement heureux d'entendre le son de sa voix qu'il en oublie de lui répondre. Sélénia se redresse un peu et le serre dans ses bras.

— J'aimerais ne plus jamais te quitter, lui chuchote-t-elle à l'oreille.

Le visage d'Arthur s'assombrit légèrement.

— Je crois que même si je le voulais… je ne pourrais plus jamais te quitter, dit-il, avec dans sa voix un curieux mélange de bonheur et de tristesse.

La lunette s'est mise à trembler et les Matassalaïs la regardent, comme s'il s'agissait d'un volcan qui se réveille. Le feu s'est éteint d'un seul coup, sans crier gare, sans un coup de main, ni même un coup de vent. Par contre, un coup de tonnerre retentit, dans le ciel d'azur. Ce n'est pas l'orage. Le coup est parti de la lunette, comme un coup de feu. Le chef a bien vu passer quelque chose, qui a été expulsé de la lunette, mais c'était bien trop rapide pour qu'on puisse dire ce que c'était. Archibald sort de la maison, affolé.

— Qu'est-ce que c'est ?! Des coups de feu ?! demande-t-il, en donnant de la voix pour être entendu.

Le chef bogo montre la lunette du bout de l'index et semble bien incapable de fournir toute autre explication. Armand et sa femme arrivent à leur tour sur le devant de la porte.

— Vous ne devriez pas rester ici, Archibald ! J'ai entendu le ciel gronder. Il ne va pas tarder à pleuvoir et vous allez attraper mal ! lui dit gentiment son gendre, en le prenant par les épaules.

Archibald aimerait bien le traiter de bougre d'âne et lui montrer le ciel tout bleu, mais il lui faudrait alors expliquer la véritable provenance du coup de tonnerre, et Archibald n'est pas sûr que cela soit vraiment une bonne idée.

— Tu as raison, mon bon Armand ! Rentrons !

Tu vas m'aider à faire un feu, lui répond donc le grand-père pour éviter tout problème.

Pendant ce temps, le soleil est au pied de la lunette et remonte inexorablement le long de la colonne. La terreur se lit sur le visage des guerriers, mais la dignité les empêche de l'exprimer. Ils aimeraient crier, hurler, courir dans tous les sens pour trouver une solution, mais il n'y a rien à faire, juste à se plier une nouvelle fois aux caprices de la grande roue de la vie qui avait ainsi décidé des événements. Le rayon de soleil arrive jusqu'au petit bout de la lorgnette et brise définitivement le rayon de la dixième lune.

Arthur est maintenant prisonnier de son corps, prisonnier de la terre et il a sûrement le sentiment de payer très cher sa désobéissance.

Maltazard, dans sa jeunesse, avait lui aussi passé l'épreuve de la nature, imposée par le grand conseil des Minimoys, comme par celui des Matassalaïs. Il avait d'ailleurs remporté les épreuves en un temps record qui forçait à tel point l'admiration que son nom fut inscrit sur une feuille de palmier et glissé dans le livre des records. Il avait particulièrement été remarqué lors de son saut final où il avait plané comme un oiseau pendant fort longtemps.

Mais tout cela n'est rien à côté du bond quasi spatial qu'il vient d'accomplir avant de se gaufrer. Miro, en mettant la manette sur maximum, l'a projeté à plus de trois kilomètres. Maltazard a hurlé pendant tout le trajet, car il ne supporte pas l'altitude. Il a d'ailleurs le vertige, même si son rang de divinité l'a toujours empêché de l'avouer. Les rares personnes qui l'ont vu paniquer face au vide et appeler sa mère (alors qu'il ne la connaît même pas) ne sont plus là pour raconter l'histoire. Maltazard les a, à chaque fois, égorgées lui-même, prétextant une insulte faite à Sa Grandeur.

Il n'a donc pas eu le loisir d'admirer le paysage puisqu'il a gardé les yeux fermés pendant toute la durée du vol. Tous ceux qui ont vu à la télé un spoutnik atterrir dans le désert de Gobi n'auront aucun mal à imaginer l'atterrissage de Maltazard. L'impact a été sec et violent car il est tombé sur le seul caillou qui dépassait dans la clairière.

Maltasard se relève difficilement et remet en place tous ses membres qui ont eu la mauvaise idée de se déboîter. Devant lui s'étend cette belle clairière. Un grand lac sur la gauche, avec un saule pleureur qui semble y boire depuis cent ans, et une forêt de chênes sur la droite. C'est assez beau, mais ça ressemble beaucoup au royaume des Sept Terres. En plus grand, évidemment.

Maltazard est un peu déçu.

— Un voyage aussi long pour retourner dans le même genre d'endroit ?! s'énerve le maître en scrutant les alentours.

Le soleil joue à cache-cache entre les arbres et un rayon éclaire violemment les yeux de Maltazard.

— Et qu'est-ce que c'est que cette lumière horrible ?! se plaint-il, fortement incommodé par la luminosité.

Mais une ombre vient le libérer de ce désagrément. Une ombre gigantesque, avec des pinces à l'avant. Maltazard met une main en visière et aperçoit enfin la forme de l'animal monstrueux. C'est un broncoptère à cornes. Le plus féroce. Celui-là, précisément, l'est même plus que les autres : c'est le chef du clan. Les broncoptères ont deux particularités : une force incroyable et une mémoire qui l'est tout autant.

Inutile donc de préciser que l'animal se souvient parfaitement de ses ancêtres qui vivaient sur la Sixième Terre avant que Maltazard ne la brûle. Les broncoptères y compris. Ceci expliquant cela, Maltazard est pétrifié de terreur à la vue de l'animal qui rougit déjà d'une colère millénaire.

— On peut discuter tout de même ? balbutie le pauvre M, dans un vieux réflexe de marchand de soupe.

L'animal ne veut pas négocier mais veut bien lui serrer la pince. Maltazard se fait attraper, comme un poil à épiler. Lui qui rêve de grandeur, d'une contrée docile qu'il pourra envahir à sa guise, il va mourir, comme une pauvre mouche, déchiqueté par un gros balourd de broncoptère.

Maltazard ne sait pas si c'est la peur ou autre chose, mais il s'est mis à trembler de la tête aux pieds. L'insecte s'immobilise, intrigué par ce phénomène. Ce n'est pas la peur, c'est bien autre chose puisque Maltazard commence à grandir. L'insecte s'affole et se dépêche de mettre sa proie dans sa bouche, mais la friandise est déjà trop grosse. Maltazard pousse à la vitesse d'un avion à réaction et, rapidement, la pince du broncoptère ne tient plus qu'un petit bout de tissu sur la manche de M.

Le prince des ténèbres mesure maintenant deux mètres quarante, et il regarde son nouveau royaume avec beaucoup plus de plaisir. Il attrape l'insecte entre ses doigts et regarde avec mépris ce minable sujet.

— Il est temps pour toi de rejoindre tes ancêtres, lui dit-il, avant de l'avaler tout rond sans même prendre le temps de le croquer.

Dans la clairière, il n'y a plus un seul bruit. Tous les animaux se sont arrêtés, tellement les vibrations sont mauvaises. Maltazard scrute les alentours et remarque tous ces yeux pétrifiés qui l'observent. Les lapins au bord des terriers, les oiseaux cachés sous les feuilles, les écureuils derrière les branches les plus hautes. Tout ce petit monde sait déjà que l'ère du chaos vient de commencer. Maltazard regarde tous ses sujets, comme une bombe regarde la ville en descendant vers elle.

M le maudit se met alors à rire sans pouvoir s'arrêter. Un rire tonitruant qui envahit la forêt, traverse les plaines et glisse en écho sur toutes les collines avoisinantes.

Archibald a le poil qui se dresse. Il reconnaîtrait ce rire entre mille. Il l'entendait souvent résonner du fond de sa prison. Les guerriers bogo-matassalaïs ont compris la nouvelle que ce rire annonce et ils n'ont d'autre alternative que de fermer les yeux et de faire à nouveau une longue prière.

Maltazard mesure deux mètres quarante et personne ne sera de taille à lui résister et, malheureusement pour l'humanité, le seul qui aurait pu lui tenir tête, mesure dorénavant deux millimètres.

Fin

Découvre la suite des aventures d'Arthur dans le tome 4 :

LA GUERRE DES DEUX MONDES

1

Le soleil a commencé sa paisible montée vers le zénith et les brumes matinales se dissipent, comme des soupirs qui s'éloignent. La nature est toujours aussi belle dans ce petit coin de paradis qui entoure la maison d'Arthur. Les arbres y sont droits comme des poteaux, les feuilles bombées et luisantes, les fleurs éclatantes de couleurs. Mais si l'image est parfaite, le son l'est beaucoup moins : il n'y a pas un bruit dans la forêt, même pas le crissement des mille pattes de l'animal du même nom. Même le fameux rossignol, professeur de chant de la famille royale, reste muet. Lui qui, depuis sa naissance, n'a jamais laissé le soleil se lever sans lui dédier quelques notes.

Mais ce silence glacial, nous en connaissons la raison. M le maudit est dans les parages et il n'y a pas un animal, si petit soit-il, qui ne ressente pas les mauvaises ondes que ce ténébreux personnage diffuse. Pourtant, un petit bruit se faufile quand même au milieu du silence, comme des pas maladroits qui font craquer le sol. Quel est donc l'animal assez fou pour se risquer ainsi à bouger dans une situation pareille ?

Il faut qu'il soit aveugle, sourd et terrassé par un gros rhume pour ne rien avoir senti. Qui peut être assez bête pour s'avancer ainsi en écartant lentement les fougères, faisant autant de bruit qu'un parquet dans une maison hantée ? Évidemment, c'est un homme. Et la race humaine nous a délégué son plus fidèle spécimen : l'homo abrutis, plus communément appelé « Armand ».

— Arthur ? ! chuchote le père, en écartant deux fougères, comme s'il jouait à cache-cache. Tu peux sortir, tu sais ! papa n'est pas fâché !

C'est vrai qu'Armand n'est pas fâché. Il est surtout inquiet. Son fils a disparu depuis la nuit dernière, alors qu'il dormait paisiblement à l'arrière de la voiture. Arthur avait laissé sa place à son chien Alfred comme par magie. Personne ne l'avait revu, ni son grand-père Archibald, ni même sa grand-mère Marguerite. Quant à sa mère, elle avait maintenant tellement de rayures sur ses lunettes, à cause de ses aventures marécageuses, que si Arthur passait devant son nez, elle le confondrait sûrement avec le chien.

— Tu as gagné, Arthur, tu peux sortir maintenant ! Papa commence à s'impatienter ! lance le père, en élevant un peu la voix.

On ne sait si c'est en raison de la fatigue ou de l'inquiétude, mais Armand commence à perdre patience. Cela ne change pas grand-chose car la forêt reste muette.

— Si tu sors maintenant, tu auras droit à un paquet entier de marshmallows ! dit-il d'une voix enjôleuse pour rendre son offre plus alléchante. Avec l'autorisation de tout manger, jusqu'à ce que tu aies mal au ventre !

La proposition se veut amusante, mais personne dans la forêt n'a vraiment envie de s'amuser. Toutefois la gourmandise étant tout de même une faiblesse universelle, un animal semble avoir réagi, car deux grandes fougères ont légèrement bougé. L'espoir renaît au fond des yeux du bon papa et un sourire se dessine sur son visage.

— Ah ! c'est ton ventre qui gargouille, hein ! Qui-c'est-qui-veut-un-bon-paquet-de-marshmallows ? dit-il à Arthur, comme s'il avait oublié qu'il n'a plus trois ans.

Apparemment, l'appel du ventre a été efficace car les herbes bougent davantage et son fiston semble s'avancer. La seule chose qui soit un peu inquiétante, c'est un bruit de pas lourds comme la pierre qui se rapproche.

Le père s'étonne. C'est vrai qu'il a le sentiment de ne pas avoir vu son fils depuis une éternité, il a donc pu grandir, mais sûrement pas au point de chausser maintenant du cinquante-deux. Le père s'inquiète un peu plus. Pourvu qu'il ne soit rien arrivé à son charmant bambin et, comme pour conjurer le mauvais sort, il continue de l'appeler de sa voix mielleuse.

— C'est-pour-qui-les-marshmallows ? !

Le suspense ne dure pas bien longtemps car deux fougères s'écartent tout d'un coup et laissent apparaître un monstre de deux mètres quarante. Maltazard en personne.

— C'est pour moi ! chantonne le maître des ténèbres, prouvant ainsi qu'on peut être à la fois ignoble et gourmand.

Sans qu'il s'en rende compte, Armand a rempli ses poumons d'air et s'apprête à battre le record du cri le plus inhumain, mais la peur lui a bloqué les cordes vocales et il a beau souffler, aucun son ne sort de sa bouche entrouverte. Il essaie encore, mais son souffle est si court qu'il ne pourrait même pas éteindre trois bougies sur un gâteau.

Maltazard fait un pas vers Armand et le dévisage de bas en haut. Le père tremble tellement qu'il fait bouger toutes les feuilles alentour dans un bruissement presque musical. Ajoutez à cela ses dents qui claquent et le cri qu'il n'arrive pas à sortir qui s'est mué en râle, et on n'est pas loin de la Samba.

Maltazard, ayant toujours eu l'oreille musicale, n'est pas insensible à ce début de fiesta et il se met à se dandiner. Quand on parle de l'oreille de Maltazard, il s'agit évidemment d'une métaphore puisque cet être, à moitié pourri, n'a plus d'oreilles depuis longtemps. Ce qui ne le gêne pas outre mesure, puisqu'il n'écoute jamais personne.

— Alors ?... ces marshmallows ? s'impatiente le souverain.

Armand rassemble tout son courage et finit par lancer :

— J'y-j'y… vais-vais ! dit-il, comme s'il s'agissait d'une chanteuse folklorique.

— Gigi Vêvê ? ! qui est cette jeune femme ? ! s'étonne le Maudit que l'impatience commence à faire bouillir.

— À la… ! à la… ! bredouille Armand, tétanisé par la peur.

— Allah maintenant ! Est-ce donc lui qui a ces fameux marshmallows ? ! s'enquiert Maltazard.

Armand secoue énergiquement la tête, ce qui le fait davantage claquer des dents.

— Non ! non ! marsh-marsh… mallow… à la-à la maison ! j'y-j'y vais-vais ! finit-il par bredouiller en s'emmêlant les bras.

Maltazard semble avoir à peu près compris.

— Eh bien, va et dépêche-toi ! La patience est la seule chose pour laquelle je m'accorde une limite !

Il renvoie d'un geste ce pauvre humain, que la peur a rendu esclave. Armand acquiesce de la tête. C'est amusant, ses dents qui claquent ne font pas le même bruit quand il dit oui et quand il dit non.

Quoi qu'il en soit, Armand détale comme un lapin, en direction de son terrier. Après quelques secondes, Maltazard ne peut s'empêcher de ricaner. L'être humain est encore plus facile à manipuler qu'il ne l'imaginait. Même les séides lui prenaient un peu plus de temps à contrôler. Ici, à peine montre-t-il sa formidable laideur que l'humain se soumet. Même pas la peine de pousser un de ces cris horribles dont il a le secret ou de menacer de ses ongles crochus comme le ferait un aigle. Par sa seule présence, n'importe quel homme se liquéfie et se transforme en doux agneau.

À cette pensée, Maltazard s'autorise un sourire sur son hideux visage. Il faut d'ailleurs bien connaître Maltazard pour savoir qu'il s'agit d'un sourire. Devant une telle grimace, un inconnu aurait déjà appelé le Samu.

Maltazard regarde autour de lui, ce morceau de forêt vide et silencieux. Il n'est en fait pas si vide que ça, car des centaines d'yeux sont cachés un peu partout dans les moindres recoins et observent, la peur au ventre, cette horreur venue d'un autre monde. Maltazard les sent plus qu'il ne les voit, mais un seigneur sait bien qu'il est, de toute façon, observé en permanence. C'est là même sa fonction. Être le point de mire, le centre de toutes les attentions, comme un phare au milieu de la nuit, guidant les pauvres marins égarés.

Le souverain sourit davantage à cette assemblée qu'il devine. Tout le monde attend son prochain geste avec anxiété, comme si son premier mouvement allait les renseigner sur ses intentions.

S'il avait été un extraterrestre, la situation n'eût guère été différente. Vient-il en paix, partager nos joies et nos malheurs, ou débarque-t-il en conquérant prêt à piller toutes nos richesses ? Chacun est donc pendu à ce geste qui ne vient pas, à cette déclaration de guerre ou de paix, mais qui de toute façon bouleversera sa vie.

Mais rien ne vient. Maltazard se contente d'observer et de sourire, comme pour mieux profiter du calme avant la tempête. Il faut dire que chez un pervers comme Maltazard l'attente est la plus raffinée des tortures. Des dizaines de rongeurs commencent à claquer des dents, des centaines d'oiseaux à claquer du bec, des mille-pattes à claquer des genoux.

Soudain Maltazard prend une grande respiration et tout le monde retient la sienne. Après quelques secondes d'un suspense insoutenable, le souverain finit par lâcher un :

— … Bouh !

Un son si faible qu'il en est presque ridicule, mais la forêt entière sursaute. Ça court dans tous les sens, dans un capharnaüm des plus complets.

Les oiseaux tombent dans les pommes, les mille-pattes grimpent aux arbres, les écureuils et les lapins se percutent à l'entrée du moindre terrier. Bref, c'est la panique générale. Maltazard aurait tiré un coup de canon qu'il n'aurait pas eu meilleur résultat. Il se met alors à rire, par saccades, par secousses. Un rire puissant qui, une fois de plus, envahit la forêt, les collines alentour et fait frémir tout le monde, comme à l'approche d'un vent glacial.

Ce rire puissant, aussi mélodieux qu'un glissement de terrain, a réveillé Archibald. Le fameux grand-père s'était assoupi dans son fauteuil, au milieu du salon. Il faut dire qu'il n'a pas dormi de la nuit. Comment aurait-il pu dormir en sachant son petit-fils disparu à jamais au fond du jardin ?

Archibald avait descendu du grenier tous les ouvrages concernant le monde des Minimoys et s'était mis à lire dès huit heures du soir, à la recherche du moindre indice. Marguerite lui avait apporté régulièrement du café jusque sur le coup de deux heures du matin. Exténuée, la pauvre femme était partie s'allonger dans sa chambre. Archibald, lui, avait continué à veiller et à relire, en long, en large et en travers, tous ses livres dans l'espoir d'y découvrir une solution à son problème. Mais toutes ces recherches s'avérèrent inutiles et vers cinq heures du matin, il s'était assoupi à son tour, sans même attendre le chant du coq. Il était tellement épuisé qu'il avait immédiatement sombré dans un profond sommeil et rien ni personne n'aurait pu l'en tirer. Sauf évidemment le rire atroce de Maltazard qui, comme chacun le sait, réveillerait un mort, bien que sa spécialité soit plutôt de les endormir à tout jamais.

Archibald sursaute, comme l'ont fait tous les écureuils et il fait trois tours autour de son fauteuil avant de réaliser qu'il est au milieu du salon. Il reprend un peu ses esprits et plisse légèrement les yeux pour mieux localiser la provenance de ce bruit inhumain. C'est amusant, d'ailleurs, de constater qu'on plisse souvent les yeux pour nous aider à tendre l'oreille. Il y a là une liaison bien mystérieuse et qui marche dans les deux sens puisque, quand on se fait tirer l'oreille, on a aussi tendance à plisser les yeux.

Quoi qu'il en soit, Archibald tend l'oreille et se demande qui l'on peut bien égorger à une heure aussi matinale. Mais à bien tendre l'oreille, il constate que même un cochon qu'on égorge pousse des cris plus mélodieux. Ce bruit-là est plus glacial, plus horrible, plus perturbant. Mais aussi tellement puissant qu'il a décroché un cadre du mur. C'est une photo de famille qui se retrouve au sol, noyée sous les débris de verre. Le grand-père saisit délicatement la vieille photographie, jaunie par le temps. On y voit Arthur et ses grands-parents, souriant à la vie, au bonheur. Un souvenir de cette période insouciante où ils étaient encore tous les trois réunis, jouissant du soleil et du temps présent, comme si tous les nuages avaient définitivement quitté leur planète. Il y avait tellement de bonheur et de joie de vivre sur cette photo que n'importe quel malheur se serait découragé d'avance. Mais le malheur est patient et il s'est trouvé un allié qui souvent le soutient dans ses néfastes campagnes : le temps. Eh oui, le temps grignote toujours le bonheur et fait le jeu du malheur. Le temps éloigne les gens, jaunit les photos et marque les visages.

Archibald laisse échapper une petite larme qui roule doucement sur sa joue. Comme il aimerait pouvoir remonter ce temps qui lui file entre les doigts et retrouver cette belle époque où le bonheur s'amoncelait aux quatre coins de la maison ! Mais le temps est comme une image qui vole au vent et que jamais on ne rattrape.

Archibald pousse un profond soupir et pose délicatement la photo sur la commode. Le rire s'est dissipé, mais il entend à présent un autre bruit étrange venant des graviers qui recouvrent la cour devant la maison. Un bruit vraiment bizarre, un mélange de sons. Impossible de déterminer s'il s'agit d'un chien haletant, d'une voiture avec un pneu crevé ou d'un tuyau de radiateur qui se vidange. À moins qu'il ne s'agisse d'un chien qui vidange le radiateur d'une voiture au pneu crevé.

Archibald décide d'en avoir le cœur net et ouvre la porte d'entrée. Il aperçoit Armand, décomposé, qui traverse le jardin en se dirigeant vers lui. Il souffle comme un chien, fume comme un radiateur et boite autant qu'une voiture sur trois roues. Archibald n'avait donc pas tout à fait tort.

Armand n'a même pas la force d'aller jusqu'à la maison et s'écroule sur le premier banc qu'il croise sous la véranda. Archibald s'inquiète aussitôt, mais c'est vrai qu'il y a de quoi quand on voit l'état de décomposition avancée de son pauvre gendre. Il aurait fait une partie de cricket contre une équipe d'éléphants qu'il aurait terminé plus en forme.

— Mais que diable vous est-il arrivé, mon brave Armand ? ! demande le grand-père en osant à peine lui mettre la main sur l'épaule.

Le pauvre homme secoue la tête, comme s'il était d'accord avec la réponse d'Archibald, qui n'a fait que poser une question.

— Oui… c'est ça ! ! fait Armand, encore traumatisé par ce qu'il a vu.

— Oui, c'est ça… quoi ? articule le grand-père, comme il le ferait pour un enfant qui ne parlerait pas notre langue.

— … Le diable… j'ai vu le diable ! dit-il, le

visage tout convulsé et les yeux déjà en orbite lointaine.

Archibald n'a besoin d'aucune autre explication. Il ne connaît qu'une seule chose sur terre qui corresponde à cette description : Maltazard.

Le grand-père soupire et s'assied à son tour sur le banc. Il est vrai que ces deux mauvaises nouvelles d'un coup ont de quoi assommer le vieil homme. La première nouvelle, c'est que M le maudit est définitivement parmi eux et qu'il y a peu de chances qu'il soit venu pour faire du shopping. La deuxième concerne Arthur et découle de la première. Si Maltazard a utilisé le rayon du passeur, le jeune Arthur est donc coincé dans le monde des Minimoys, compressé dans un corps de deux millimètres dont il lui sera impossible de sortir.

Un frisson parcourt Archibald, pourtant ce n'est pas la chaleureuse brise d'été qui le fait frissonner, mais une pensée glaciale, froide comme la nuit, une pensée qu'il ne peut pas chasser, une équation qu'il est incapable de résoudre : comment venir en aide à Arthur ?

2

C'est amusant car Arthur aussi est assis sur un banc, tout comme Archibald. Et quand l'un est à côté d'Armand, l'autre est à côté de Bétamèche. La seule différence entre eux, c'est que le banc d'Arthur ne mesure que quelques millimètres. Il s'agit en réalité d'un petit morceau d'allumette. Ce banc public est bien connu des Minimoys. Il sert souvent de point de rencontre car il est fort bien placé. Il est sur le côté de la grande place du village, dans l'axe de l'avenue qui mène à la porte nord, la fameuse entrée par laquelle tous les grands voyages se doivent de débuter.

Arthur et Bétamèche ont l'air aussi déprimés qu'Archibald et Armand. On le serait à moins ! Le passage de Maltazard a évidemment traumatisé tout le monde au village et Bétamèche en tremble encore. Arthur soupire en repensant à

Sélénia, une lame sous la gorge, prisonnière des griffes de Maltazard. Par chance, cette horrible histoire s'était bien terminée. Sélénia s'en était sortie avec une petite coupure à la gorge, le roi avec une bonne humiliation passagère et le peuple avec une grosse frayeur.

Mais ces rassurants souvenirs ne règlent en aucune façon les problèmes présents. Comment Arthur pourra-t-il retrouver sa taille normale et surtout qui va bien pouvoir empêcher Maltazard d'accomplir son terrible dessein ? Les réponses ne viennent pas et cela fait bientôt une heure que nos deux compères soupirent à tour de rôle sur leur bout d'allumette.

— Il est confortable ce banc, hein ? finit par lâcher Bétamèche, histoire de rompre le silence.

Arthur le regarde, on dirait une vache devant un bulletin de vote. Comment peut-il parler de confort dans un moment pareil, surtout en mentionnant ce morceau d'allumette aussi dur qu'un bout de granit.

— Tu devrais essayer les canapés de Mamie, tu saurais alors ce que le mot confort veut dire, rétorque Arthur. Ils sont tellement moelleux que mon grand-père est incapable de s'asseoir dedans sans s'endormir dans la minute.

— C'est exactement ce qu'il me faudrait pour mon salon, répond Bétamèche avec un sourire gourmand.

Mais le simple fait d'évoquer sa maison a rendu

notre ami Arthur tout chose. Il a rêvé pendant des mois devant son livre, implorant le ciel toutes les nuits pour avoir le privilège, un jour, de rejoindre ce monde merveilleux des Minimoys et maintenant qu'il y est pour de bon, il se rend compte à quel point lui manque tout son monde à lui. Sa petite chambre et son joyeux fouillis savamment organisé, cet escalier dont chaque marche grince à sa façon, comme autant de touches d'un piano géant. Arthur passait souvent des heures à danser sur ces marches afin d'y composer de nouvelles mélodies. Pas la peine d'avoir un piano, Arthur se l'était inventé.

Il y a aussi le grand salon chaleureux. Sa mamie a tricoté elle-même toutes les cretonnes qui se trouvent devant chaque fenêtre. Cela fait une lumière formidable, à la fois douce et raffinée. L'autre particularité, encore plus appréciable, c'est que cela dessine au sol de formidables dessins, faits d'ombre et de lumière qui enrichissent le grand tapis usé par les voyages, délavé par le temps. Les grandes rosaces que la lumière dessine sur le sol servent aussi de parc autoroutier, où Arthur pousse ses petites voitures pendant des heures dans les formidables courbes dessinées par la lumière et la cretonne.

« Pour l'éditeur, le principe est d'utiliser des papiers composés de fibres naturelles, renouvelables, recyclables et fabriquées à partir de bois issus de forêts qui adoptent un système d'aménagement durable. En outre, l'éditeur attend de ses fournisseurs de papier qu'ils s'inscrivent dans une démarche de certification environnementale reconnue. »

Composition PCA - 44400 Rezé

Achevé d'imprimer en Italie par Canale SpA
32.10.2834.3/01 - ISBN : 978-2-01-322834-3
Loi n° 49-956 du 16 juillet 1949 sur les publications destinées à la jeunesse
Dépôt légal : novembre 2009